王安忆改编张爱玲

| 第一炉香 |

王安忆

人民文学出版社

本书由张爱玲著作权所有人宋以朗先生和其独家版权代理皇冠文化集团授权，本简体字版仅限于中国大陆地区销售。

图书在版编目(CIP)数据

王安忆改编张爱玲:第一炉香/王安忆改编. —北京:人民文学出版社,2022
ISBN 978-7-02-016598-8

Ⅰ. ①王… Ⅱ. ①王… Ⅲ. ①电影文学剧本-中国-当代 Ⅳ. ①I235.1

中国版本图书馆 CIP 数据核字(2021)第 204815 号

责任编辑	朱卫净　杜玉花　邰莉莉	
装帧设计	汪佳诗	
内文绘画	陆　梅	

出版发行	人民文学出版社
社　　址	北京市朝内大街 166 号
邮政编码	100705
印　　制	凸版艺彩(东莞)印刷有限公司
经　　销	全国新华书店等
字　　数	80 千字
开　　本	787 毫米×1092 毫米　1/32
印　　张	4
版　　次	2022 年 1 月北京第 1 版
印　　次	2022 年 1 月第 1 次印刷
书　　号	978-7-02-016598-8
定　　价	59.80 元

如有印装质量问题,请与本社图书销售中心调换。电话:010-65233595

戏 说

王安忆

改编《金锁记》是十五年前的事了,黄蜀芹执导的上海话剧艺术中心普通话版因人员分散,版权到期封箱,许鞍华导演的香港焦媛剧团粤语版则向台北皇冠平先生续约,时至今日已超百场,并且越演越盛,档期方出,票即售罄。其间,再得《色,戒》的委约,但因小说改编权属限制,搁置有近十年光景,二〇一九年方才面世。此前的二〇一八年,许鞍华导演让我替她操刀《沉香屑·第一炉香》电影剧本,事由也出自第一次合作。后来知道,当年许导从若干剧本中挑选我的这个,算得上知遇之恩,没什么可商量的,欣然接下来。所以,《金锁记》是改编张爱玲的开端,这开端全是自主的决定,先后写了三稿,屡败屡战。除戏剧创作本身的吸引,大约还有张爱玲的原因,仿佛隔了一个世代,向前辈同行叫板。

回顾和总结,后两次经验和头一回不同,从材料上说,《金锁记》是满,甚至于有溢出,不得不做减法,将一整条长白的线索统统拉掉,但鉴于曹七巧有两个儿女,时不时要叨叨,就借旁人的口,说一声出去做生意了。有点像"文革"样板戏《沙家浜》,"阿庆跑单帮"的交代,否则,何以会有"阿庆嫂"呢?这就领教了舞台的厉害,时间和空间都不够分配的,免不了顾此失彼,删繁就简。事实上,也许更为本质的,还有美学的成见。曹七巧引长白卖弄房事真够阴毒的,有违伦常,既不是希腊悲剧,也不是文艺复兴狂欢,或者《雷雨》的"五四"式,大约就是后启蒙时代的窘困了。按江湖上行规,出来混总是要还的。这门功课,此一时绕过去,彼一时,或就面对面,走个正着。一旦入彀张爱玲,或者不要,或者照单全收,没得挑!

选《金锁记》练手编剧,潜意识里,大约正是它的满溢,人和事富足,方便排阵。《色,戒》和《沉香屑·第一炉香》,情形倒转过来,四处都是不够。《色,戒》的情节,几乎在暗示中进行,就像张爱玲自作插图的简笔画,又仿佛响应海明威的"冰山"理论,大半在水下,只露出个尖。小说阅读尚可揣摩推测,舞台上每分钟都不可虚度。制作人高志森与我谈计划,是以沪上旧址,"宰牛场1933"顶层圆形剧场为环境设想。那地方我去过,观众席环绕舞台,来自顶灯和脚灯的光源,形成一个封闭圈。倒也好,迫使得放弃具体细节，走写意路线。间谍剧显然不是张爱玲的菜，让我想起阿加莎·克里斯蒂的几部特工小说，《桑苏西来客》《犯罪团伙》《暗藏杀机》什么的，虽是国土安全案件，但破解依然凭借日常生活的逻辑。女作家写政治社会，颇有治大国如烹小鲜的意思。事实上，《色，戒》不出张爱玲世情的路数，到头总归是男女关系，以此破题似可窥见真相。然而，谜底揭出来，谜面是什么？还是那句话，观众眼皮子底下，分分钟混不过去。必须找补些填充。到哪里找补，找补什么？小说里的料，本身就局促得很，稍纵手脚，就越过线，找到界外去了。

这时候，你会发现，"张看"的自给自足，用她自己的小说名，真是"小团圆"。倘要携带私货，就会漏罅隙，对不上缝。只能用"张腔"补"张腔"。于是，《倾城之恋》纳进来，《封锁》也进来，《更衣记》《我看苏青》《谈女人》络绎绎来了。当杀手逼近，王佳芝向易先生念美国剧作家奥涅金《大神勃朗》里地母的台词，出自中文系女生的浪漫示警，告知死亡来临。再讲啦，若不是有地母的博爱笼罩万物，何以解脱背叛和附逆？张爱玲写她读《大神勃朗》到这里，每每"心酸泪落"，有点不像她呢！她向来认得清形势，见怪不怪。想一想，其实是小孩子说大人话，内里到底有许多看不透，所以才会有范柳原和白流苏夜里通电话，吟诵"死生契阔执子之手"的一幕。《诗经》于这对精乖的都会男女不免太过质朴,只能听作张爱玲的心声。勿论时代前进到哪一步,艺术的心总是古典的。在现世的苏青看来,即是"简直不知道你在说些什么!大概是艺术吧?"。

《沉香屑·第一炉香》也是需要补的,但不像《色,戒》里,中国画式的留白地方,而是逻辑链上的缺环。姑妈家,这个从上海市廛移植到香港半山的长三堂子,里面的色相交易依着怎样的原则进行?又依怎样的需求关系结构生活常态?电影比舞台更写真,什么都放大和细化,观众的眼睛又是雪亮的。许导带我在香港澳门行走,南亚溽热的气候,物种迅速地由盛到衰,换代的周期特别短,物是人非。上环有一面墙,开山凿路切下的横断面,嵌着密密的树的根茎,化石一般。《倾城之恋》也有一堵墙,在浅水湾的夜晚里,灰砖砌成,考古层的新土层,衬托着白流苏的红唇,范柳原想着"地老天荒那一类的话",还是张爱玲的心声,假人物的口说出来,那浮浪子不定能为她代言,可是,留过洋的人总归像一点,也就是"三底门答尔"(sentimental)一点。但凡要来点"三底门答尔",张爱玲都让海归出面,童世舫"怀念着的古中国";米先生"对于这世界他的爱不是爱而是疼惜";佟振保的巴黎烟花夜,"街灯已经亮了,可是太阳还在头上,一点一点往下掉",除了他们有谁？"张看"里都是平庸的市民，她又不愿向"五四"新文学认输。

补《第一炉香》的坑——这话不是我说，是许导原话，她说有一些坑，需要去填平，用什么填料呢？具体的人和事划定了地盘，很难越出藩篱，走《色，戒》的老路。四下里搜罗，只能调动内部资源，自我救济。伦理和美学再次发起挑战，不能像《金锁记》采回避的策略，《色，戒》的地母信仰也不适用，因没有牺牲，用什么升级卑琐的人生呢？里头尽是坏人，我对许导抱怨。是的，可是，她与我商量，能不能让我谈一次恋爱呢！《半生缘》不已经谈过一回了？可是，很不满足！我理解是太过正直，亦就平常了。《倾城之恋》呢？趋利心理逼出来的真情，还不够吗？多少的，由运势作用，顺水推舟，《第一炉香》则是逆流而上，涵量更大。那么，就积蓄涵量吧！爱情天然具有原动力，所以，就要赋予反常的性质，才能燃爆它。这倒可以试一试，实验的兴趣上来了，烧杯里有足够的试剂，说不定，真会有不期然的效果。

濮存昕曾受邀许导友情饰演乔诚博士，为此来电话咨询人物。如他小濮这样，到老都是好孩子，穷尽想象也想不明白这是如何进化成的物种，他愁虑地问，是不是基因的问题？我们讨论了很久，最终也没有结果，反有可能带坏他。后来听说他婉拒了角色，不由得松一口气，放下心来。

我和许导都是正常得不能再正常的人，在两种道统里成长。我和小濮属一种，大概可称之"共和国派"，许导呢，更接近张爱玲的"民国女子"。比如，她们在同一所大学就读，算得上前后辈校友。当年的教授楼尚有保存，《沉香屑·第二炉香》里，英国先生罗杰安白登就是从门洞出来，开车驶下斜坡，兴兴头开始新郎官的一日。半山的豪宅，有许导的少年朋友，此时大多闭了门，人去楼空。山底的海湾，填地造楼，成水泥森林。可是，头顶上的烈阳，总是照耀她们的同一个。凤凰木、野杜鹃、芭蕉、栀子、玉兰按着同一个季候怒放——许导说，要在五月天的繁荣花事里开机，用张爱玲的话："那灼灼的红色，一路摧枯拉朽烧下山坡子去了"，就有一股子不规矩，危险的诱惑。女人总是好奇心重，向往超现实的存在，将不可能变为可能。

我们依然无法消弭与张爱玲的隔膜。时间是个问题，也不全是。宗璞先生说《红楼梦》不会再有人比高鹗续得好，因为和曹雪芹的时代最近。前八十回在著者生前十年传抄，算它一七五三年成文，高鹗的后四十回则在一七九二年排印行世，之间相距近四十年。我们离张爱玲年头也差不多，甚至更短，但鼎革之变，一世斩成两世，人类分作新旧。于是，差异就不单在量，更在质，归根结底，还是"看"和"看"不同，谁有"张看"的眼睛？只能收拾她纸上的文字，筛眼滤下来的杂东西，拼拼凑凑，织出个谜面，谜底却不是原来那一个。改编张爱玲，动辄得咎。

2020年6月25日　上海

目录

戏说
00I

00I
第一炉香

第一炉香

第一节

光亮的桌面，一枚硬币滴溜溜地转，转，终于停住在香炉边，炉盖的孔眼里，腾出烟，迅速弥漫开。烟雾缭绕中依稀可见人影晃动，往互进退，像是收拾行李。一双纤手在纸上书写，薇龙的画外音——

"来到香港多时，没有给姑妈请安，实在失礼。

"两年前，因为上海传说有战事，我们一家大小避到香港来，我就进了这儿的南英中学。如今，香港生活程度一天一天地涨，我爸爸的一点积蓄，实在维持不下去了。上海的时局也缓和下来，想想还是回上海。可是我自己盘算着——"

一双穿布鞋的纤足在石卵地上走，四下里是食档的电灯光，光里浮动着南亚回南天的氤氲，亦是雾蒙蒙的，画外音继续——

"在这里书念得好好的，明年夏天就能够毕业了，回上海，换学堂，又要吃亏一年。可是我若是一个人留在香港，不但生活费成问题，只怕学费也出不起了。"

一封信投进路边邮筒，画外音继续——

"我这些话闷在肚子里，连父母面前也没讲；讲也是白讲，徒然使他们发愁。我想来想去，还是来找姑妈。"

氤氲化为晨曦，街市幻作海天之间，画外音继续——

"爸爸书呆子脾气，再劝也改不了，说话又不知轻重，难怪姑妈生气。当初造了口舌上的罪过，姑妈得给我一个赎罪的机会。姑妈把我教育成人了，我就是您的孩子，以后慢慢地报答！"

画外音结束，一片鸟语喧然而起，空谷回音，喧哗得很，原来人已经走在山道。对面的崖凸起一角，仿佛乱山中凭空擎出的一只金丝托盘，四周围绕着矮矮的白石万字栏杆，里面是修剪得整整齐齐的常青树，疏疏落落两个花床，种着艳丽的英国玫瑰，布置谨严，一丝不苟，就像漆盘上淡淡的工笔彩绘。草坪的一角，栽了一棵小小的杜鹃花，正开着，花朵儿粉红里略带些黄，是鲜亮的虾子红。栏杆外就是一片荒山，轰轰烈烈开着野杜鹃，那灼灼的红色，一路摧枯拉朽烧下山坡子去了。野杜鹃外面，就是浓蓝的海，海里泊着白色的大船。晨雾渐散，走路人偏过去，上一道弯路，山崖后面可见白房子的侧影，倏忽一闪，又掩到山崖后头，等再度出现，已是山道尽头，挡在一扇镂花铁门里面。通向铁门的山道一侧是崖壁，一侧是矮墙，一梯一梯上去，每一梯上搁一盏玻璃罩子蜡烛灯。走路人援级而上。

这时候，我们看见一个背影，伏在铁门上往里看，退后半步，按了电铃。一前一后门里跑过来两个丫头，睇睇和睨儿，不开门，对着镂空的花格子说话——

睇　睇： 找什么人？

葛薇龙： 姑妈！

睇　睇：（回头向睨儿）咱们这里有"姑妈"这个人吗？

葛薇龙： 姑妈约我来的！

睇　睇： 那就去"姑妈"家赴约嘛！

身后赶到的睨儿拉一把睇睇。

睨　儿： 或许是少奶娘家的人。（转向铁门外的葛薇龙）我们少奶出去了，改日再约吧！

葛薇龙： 我等姑妈！

睇　睇： 口口声声的姑妈，也不知道是不是你的姑妈！

葛薇龙： 等梁太来到跟前，自然知道是不是！

显然是"梁太"这两个字，让里面的人有点让步，睨儿解下铁门的锁。

睨　儿： 让她进来等吧！

铁门拉开一道缝，薇龙侧身挤进去，走过一段石面甬道，这时候方才看见白房子的轮廓——流线型、几何图案的构造，类似最摩登的电影院。然而屋顶上却盖了一层仿古的碧色琉璃瓦。玻璃窗也是绿的，配上鸡油黄嵌一道窄红边的框。窗上安着雕花铁栅栏，喷上鸡油黄的漆。屋子四周环绕着宽绰的走廊，当地铺着红砖，立着巍峨的两三丈高一排白石圆柱，却是美国南部早期建筑的遗风。走在廊柱底下的薇龙的背影——短发，南英中学的校服，翠蓝竹布衫，长齐膝盖，下面是窄窄的裤脚管，随女学生的流行，竹布衫外面加一件绒线背心，短背心底下，露出一大截衫子。身后，睇睇和睨儿说着话，也不怕生客听见，亮着嗓门。

睇　睇：真难得，少奶起这么大早出门去。

睨　儿：还不是乔琪乔撺掇的，说要去浅水湾游水！

睇　睇：人家游水，你喝醋！

睨　儿：我喝醋还是你喝醋？别以为我看不出来！

睇睇赶上去打睨儿，睨儿撒腿跑到薇龙前面，紧跟着一只朱漆描金折枝梅的玲珑木屐滴溜溜飞过来，正打中薇龙的膝盖，疼得她弯下腰直揉腿，忽然间，两个丫头惊鸟般反身向铁门跑回去，几乎同时，坡道下响起汽车发动机的声音。

睨　儿：少奶回来了！

睇　睇：少奶回来了！

又有几个小些的丫头从廊柱下面跑出来，直向铁门去。

薇龙弯着腰还在揉腿，一边转头向后看——这时候，我们才看见她的脸，素净的小黄脸，应该算作白皙，但因为少血色，就缺乏光泽，暗了。眉眼很细，还没有长开，平淡得很。女学生通常的短发，使她显得有点老气。汽车声越来越近，因是上坡，马达开足，犹是嘈杂。铁门哐当当打开，听得见车门打开，"砰"一声关上，再开，再关上，有人上来了。薇龙贴墙立定，看一伙人踏踏走进过廊。领头一位西装少妇，一身黑，黑草帽檐上垂下绿色的面网，面网上扣着一个指甲大小的绿宝石蜘蛛，在日光下闪闪烁烁，正爬在她腮帮上，一亮一暗，亮的时候像一颗欲坠未坠的泪珠，暗的时候便像一粒青痣。那面网足有两三码长，围巾似的兜在肩上飘飘拂拂，这就是薇龙称作"姑妈"的梁太。身后跟着一个年轻男人，快着脚步，生怕被甩下。

梁　太：（冷笑）你跟着我做什么？约玛琳赵去啊！

乔琪乔：你不去，我也没心思了。

梁　太：（再笑）你没心思吗？没有我，约不出来玛琳赵是不是？

（并不回头，径直向前走）睨儿你听听，巴巴地一大早请我到海边去，原来是他要约玛琳赵，她们广东人家规矩严，怕她父亲不答应，有了长辈在场监督，赵家的千金就有了护身符，当我是护身符呢！

睨　儿：（顿脚，回头看乔琪乔）该死不该死！

乔琪乔：（急辩道）玛琳赵算什么？不过让她凑咱们的热闹！

梁　太：（笑）好得很，将赵老爷子一并约出来，二男二女，更热闹了！

乔琪乔：还是我们两个人清静些！

梁　太：（站住脚，看向身后的人）姓乔的你要把话说明白了，我可以帮你们拉拢，但从不替人作幌子。吃酒，我不惯做陪客。唱戏唱到私订终身后花园，让我去扮奶妈？你这猴儿崽子，胆大包天，到老娘跟前捣起鬼来了！

　　数落着，把面纱一掀，掀到帽子后头去，正看见薇龙。薇龙看见姑妈的脸，毕竟上了几岁年纪，白腻中略透青苍，嘴唇上一抹紫黑色的胭脂，是这一季巴黎新流行的"桑子红"，眼睛却是年轻的，有光。

葛薇龙：（适时叫出一声）姑妈！

梁　太：谁是你姑妈！（开步继续向前走）

葛薇龙：我是葛豫琨的女儿。（紧随其后，与乔琪乔一左一右，仿佛护卫观音的童子童女，其时各怀心思，完全不注意对方）

8

梁　太：葛豫琨还活着吗?

葛薇龙：我爸爸托福还在。

梁　太：我当初说过这话，有一天葛豫琨寿终正寝，我乖乖地拿出钱来替他买棺材。他活一天，别想我借一个钱!

睨　儿：人家还没有开口，少奶怎么知道人家是借钱!

梁　太：你少管闲事，也不知受了多少小费!

葛薇龙：(疾步跟在身后)我替我爸爸赔不是，给您请安!

梁　太：你的信我是看了，小姐，你处处都想到了，就是没替我想一想。我就是愿意帮忙，也不能帮你的忙，让你爸爸知道了，咬我诱拐良家女子!

　　说话间，沿过廊拐过弯，到白房子正面，一对小男女抢上一步，一左一右推开门，梁太只当门是自动门，跨进前厅，踢掉脚上两只鞋，两个年轻人各拾起一只，睨儿伸手接过去，此时，两人方才照面，却也没有留意，心思都在自己的事上。梁太一弯腰，从地上抄一把，抄起一条哈巴狗，纯白一色，推到肩上，仿佛围脖。

梁　太：乔诚爵士有电话来吗?

睨　儿：乔诚爵士倒没有，Uncle——

　　楼梯上原来立了一个人，嘴里衔着烟斗。

司徒协：又忘了，不许皱眉毛，眼角要起鱼尾纹!

梁　太：怎么悄没声息就来了！

司徒协：打电话来，你已经出门了！

梁　太：明知我出门，就不怕扑个空？

司徒协：偏偏让我扑个正着！

梁　太：（撒娇，又多少带奉承）孙悟空七十二变，也变不出如来佛的手掌心！

司徒协：（走下楼梯，看了葛薇龙）这位小姐是——

葛薇龙：（犹豫不知怎么说）……

梁　太：问你话呢！

葛薇龙：（上前鞠躬）我叫葛薇龙，葛豫琨的女儿，来看望（迟疑一下）姑妈。

司徒协：（笑）原来是姑侄，不知道，以为表姐妹！

梁太脸色和悦一些。

司徒协：乔公子也来了。

乔琪乔：司徒先生好！

司徒协：大早的就惹梁太生气，好意思？你可是梁太跟前第一个红人！

乔琪乔：梁太误会我了，还要请司徒先生替我开脱，梁太顶信得过您了！

乔琪乔在梁太身后逗哈巴狗，狗却恼了，张口作势咬他。

梁　太：我们上海人叫什么？"狗都嫌"。

众人都笑，气氛松快下来，一场风暴过去了，一并进到客厅。客厅不大，仿佛只是一间书房，中国旧式布置，白粉墙，地下铺着石青漆布，金漆几案，大红绫子椅垫，大红绫子窗帘，那种古色古香的绫子，薇龙这一代人，除了做被面，其他很少见。当地搁着一只二尺来高的景泰蓝方樽，插的花全是小白骨朵，粗看似乎晚香玉，只有华南住久的人才认得是淡巴菰花。炉台上陈列着翡翠鼻烟壶与象牙观音像。有一种内室的气息，可见出无论司徒协还是乔琪乔，都是极近的熟客。

梁　太：热得很，打开些。

睇睇和睨儿便将左右两面红绫子折起来，原来是屏风似的折门，一旦打开，与两旁侧厅贯通，顿时宽敞不少，侧厅里放着西洋玻璃柜，柜子里布着小小的玉器：动物，植物，花卉，器皿……豆大的，满满当当。司徒协与梁太并排坐两把中国式交椅，中间隔一具红木茶几，乔琪乔欲坐在梁太膝边的矮墩，梁太将他驱走——

梁　太：去！

乔琪乔：失陪了。（向两位长辈略一欠身，告退了）

梁　太：（难免有些失落）滚！

乔琪乔走过薇龙身边，看她一眼。

葛薇龙立在梁太面前，十分局促，但却有一种不外露的镇定，似乎早有准备，接受一切。

梁　　太：你到我这里来，你爸爸知道吗？

葛薇龙：（如实道）不知道。

梁　　太：你瞒得过一时，瞒得过一世吗？我可担不起这离间骨肉的罪名。

葛薇龙：我爸爸但凡有一句不依，我这一去就不会再来见姑妈！

梁　　太：我随你自己去编个谎哄他，可别圆不了谎！

司徒协：（忽然插进话来）会弹钢琴吗？

葛薇龙：学了两三年，可是手笨，弹得不好。

梁　　太：倒也不必怎样高明，拣几支流行歌曲练习练习，人人爱唱的，能够伴奏就行了。英国的大户人家小姐都会这一手。我们香港行的是英国规矩。

葛薇龙：好的。

梁　　太：我看你爸爸那古董式的家教，想必从来不肯让你出来交际。他不知道，就是你将来出了阁，这些子应酬功夫也少不了的，不能一辈子不见人。

葛薇龙：是的。

司徒协：跟你姑妈，有机会学点，是你的运气！

梁　太：这孩子就交给司徒先生调教吧！

葛薇龙：我听姑妈的。

梁　太：怎么？你看不上？告诉你，连你姑妈都是司徒先生调教的！

司徒协：（笑）你的人，我怎么敢抢！（转向薇龙，又问一句）会打网球吗？

梁　太：（接过话头）若是会打网球，我练习起来，就有个伴。

葛薇龙：体育课上有网球一门，会一点点。

梁　太：你有打网球的衣服吗？

葛薇龙：学校里发了运动服。

梁　太：呃！我知道，老长的灯笼裤子，怪模怪样——（转脸看向薇龙，相信这是第一次正眼看她）怎么穿的？就像赛金花似的。

司徒协：这是香港当局讨好洋人游客，拿清朝末年的款式充当东方情调，英国人老远地来看看中国，不能不给点中国让他们瞧瞧！

梁　太：睨儿，拿我的运动衣来，让她试试尺寸，明天裁缝来了，叫他给你做去。

睨儿去拿运动衣，薇龙暗中吐一口气。

梁　太：你家千金喜期定没定下？

司徒协：就是来向你辞一声，明天回汕头嫁女儿。

梁　太：什么时候回来？还要求你挑一色瓷砖，浴室里用的。

司徒协：至多七八日，你可等着我！

睨儿送来衣服，两人说着话，眼睛看着薇龙试衣服。那是一件鹅黄丝质衬衫，鸽灰短裤，穿在薇龙身上显然大了，睨儿替她用别针沿了腰背别起来。

梁　太：你的腿太瘦了一点，可是年轻女孩子总是瘦的多。

梁太看向司徒协，等他发表意见，他却站起身，走到窗户边，望着窗外的草坪，草坪被太阳晒得发白。

第二节

几日后，晚上，梁太家的铁门推开，睇睇和睨儿走出来。一个将道边梯墩上的蜡烛灯摘下玻璃罩，拣去残烛；另一个安上新烛，擦火柴点燃，套回玻璃罩。一盏灯一盏灯亮起来，不至于照耀多大的范围，但等夜色低垂，那一点光便逐渐洇开了。最后，在铁门边挂一盏赤铜錾花的仿古宫灯。山下的海面则覆盖一层薄亮，上面布着点点渔火。

小白楼里面,仆人们将隔屏一道一道折起,遂成为一个大敞厅,厅内的装饰物呈现出来,每个角落的风格不同,假罗马女神雕像,牧羊少年的坐像,小天使托着镜面;一面墙上挂着南欧图案的彩碟,另一面墙则是非洲木雕面具;日本的绢偶人,油纸伞,歌舞伎的服装摊平了装在镜框里。睨儿站在凳子上给挂钟上弦,这是一具德国钟,每到一个钟点就跳出一只鸟报时,随着发条拧转,那鸟时不时跳将出来鸣叫。

汽车马达声划破山中的寂静,车灯穿透暗黑。车停在门前坡道底下的一片空地,车门噼啪开和关,因要错让转弯,喇叭响着。下车的人在车身之间挤让着上坡,进门,一阵喧哗平息,复又安静下来,甚至比先前更显得寂寥。

一个身影出现了,小小的,单薄的,提着手提箱。蜡烛灯的微亮,映着来人的面颊,是薇龙。一步一步上去,凤凰木奇异地在黑暗中红着,天上有一撇月影,就在上坡的一段路里,月亮白起来,晶亮亮的,照着凤凰木红彤彤一片,铁门就像一个洞穴,薇龙走了进去。

敞厅里有一桌麻将,一桌桥牌,钢琴揭起盖,女人的手在叮叮咚咚敲着琴键，孩子的小胖手插进来，"咚"地敲一下，被女人的手赶开了。仆人托着托盘，在厅里转悠传递，盘里有香槟、点心、花生米。梁太在麻将桌上，和司徒协面对面，另一边是一位长衫马褂的先生，年纪和司徒协相近，我们很快就知道，他是乔琪乔的父亲，也就是人称乔诚爵士的那个人，第四位却是年轻小姐，看起来与乔诚爵士相当稔熟，有几次，拿起爵士搁在烟灰碟上的香烟吸一口，摸牌的时候可看见手上一颗偌大的钻戒。睇睇走过来伏在梁太耳边低语，眼睛看着那位小姐。梁太不回头地说一句话，睇睇点头直起身，像是无意的，将乔诚爵士的香烟在烟灰碟里摁灭，那小姐的手摸了一个空。

后楼梯的凳子上，坐着薇龙，手提箱放在脚边。睇睇和睨儿说话，也不怕薇龙听见。

睇　睇：少奶让咱们敷衍敷衍，就说她那边分不开身，明天早上再见面。其实怕她没见过什么世面的，木头人一个，大家败兴！

睨　儿：楼上那间蓝色的客房，拨给她住的，收拾出来了，你带她上去，问她吃没吃过饭。

睇　睇：你带她上去！（显然对薇龙有敌意，转身要走又停住）喂，你吃过饭没有？

葛薇龙：（略带挑战地）没有。

睇　睇：是个麻烦人！

睨　儿：你到厨房吩咐一声，另开一桌，在楼上吃。

睨儿提起薇龙的手提箱，在前边走了，薇龙跟随身后，看睨儿的背影，穿着一件雪青色紧身衫，翠蓝窄脚裤，一手提箱子，另一手抄在白底平金马甲里面。

睨　儿：少奶成天念叨着呢，说你怎么还不来。今儿不巧有一大群客，（回身附耳低声道）多是上了年纪的老爷太太们，难得有几个年轻的，又各有各伴，怕你跟他们谈不来，僵得很。

底下厅里正是在牌局和宴席的间隙，仆人们忙着摆桌面，客人们暂避到廊道和平台上，梁太和乔诚爵士立在一盆杜鹃花跟前抽烟，梁太下巴朝年轻小姐走向化妆间的背影抬一下——

梁　太：不错。

乔　诚：难得有人入你法眼！

梁　太：再没有长处的女人，年轻也有一种新鲜可爱。

乔　诚：是批评还是夸奖？

梁　太：男人的眼睛里，普天下女人只分两种，年轻的和不年轻的。

乔　诚：不能一概而论！

厨房外另架一具炉子，铁叉扎着一头乳猪，在火上转着烤，细小的油珠子刺刺地冒出来。

厅里面开了留声机，放出苏州评弹的女声。

一屉屉的虾饺、肠粉、麻球、芋头角、荷叶包的糯米鸡，宝塔般摞起来，奇怪的是，还有一盘金灿灿的油条。

梁　太：（不及落座，先撕一截油条）看见它，我就挡不住了！

楼上卧室，薇龙一个人吃饭，和式的黑底描金漆盘，饭菜汤盛在盖碗里。她的房间，小小的，四壁是希腊式的蓝，壁灯却是中国式的红纱罩，就像太平天国里的"红灯照"，依稀听见楼下留声机的声音，评弹换成粤剧，铿锵的音节。

厅里面是一张超大的圆桌，至少可坐十六个人，梁太举杯——

梁　太：今天是老朋友欢迎新人物，（向年轻女客）站起来，让大
　　　　　家看看——

那女客扭扭捏捏地，欲起又罢，众人却都拍起手来。几乎同时，门外走进两个人，一个是乔琪乔，着一身白西装，口袋里很俏皮地插一朵玫瑰花，另一个则是女孩，明显的欧陆混血的面孔，又化了艳丽的妆，穿一条色彩缤纷长及脚踝的纱裙，她就像药引子似的，把乔琪乔的血统也突显起来，两人都是中西合璧的血统，又都是混血里最好看的那种，就像戏台上扮装的人物，将在场的人，包括那位女客，都映衬得黯淡了。

梁　太：（酒杯往桌上一放）来得好！

众人放下的手又举起鼓掌，新来的女孩走到乔诚爵士背后——

吉　婕：Daddy。（手放到乔诚爵士肩上，乔诚拍拍她的手背）

乔　诚：谁让你们来的？

吉　婕：（向乔琪乔方向）他！

乔琪乔没有走近，隔了桌面向乔诚爵士鞠一躬。

乔　诚：捣乱！

仆人们立刻加上椅子和餐具，周吉婕坐在乔诚爵士和梁太之间，乔诚爵士另一边则坐着年轻女客，其实是新欢。乔琪乔则坐在梁太另一边，原先的一位英国军官依顺序延至下位。

客　人：真是一对璧人，靓仔靓女。

乔　诚：女孩子漂亮尚可，男孩子这张脸就有吃软饭的嫌疑了。

梁　太：(复又举起酒杯,将打断的致辞继续,却换了说法)恭喜恭喜,中国人有一句古话,家和万事兴!

　　楼上,薇龙从澡缸里跨出来,围上浴巾,对着水汽朦胧的镜子,用手抹一把,自己的脸露出来,欲凑近了看,水汽又漫上来,蒙住了。

　　底下厅里,宴席结束,拉开场子,仆人们用拖把在地板上来回推,推得锃亮。乔琪乔选唱片,放上唱针,《蓝色多瑙河》响起,向梁太迎去,梁太却与乔诚爵士跳起来,而一位肥胖的太太则半路接住乔琪乔,吉婕与英国人舞过身边,向他扮个极夸张的鬼脸。乔诚爵士的新女友坐在边上,表情甚为寂寞而茫然。睨睨端了茶点送给宾客,往往送到新女友跟前。托盘空了,睨儿打睨睨一下,送上一盘茶点,新女友矜持地没要。

梁　太：(看在眼里)你看那丫头,有人欠她什么似的?
乔　诚：(佯装地)哪个丫头?
梁　太：还有哪个?

　　楼上,薇龙揭开床上薄被,躺进去,突然听见楼下一阵女人的笑声，又滑又甜，不禁坐起来，停一时，女人不笑了，《蓝色多瑙河》换成气急吁吁的伦巴舞曲，又睡下去。

底下厅里舞曲终止。

乔琪乔：吉婕你弹琴，请这位新 Aunty 唱一支歌！

顿时掌声四起。新 Aunty 自然推让不依，乔诚皱起眉毛，面露窘色。

梁　太：你唱一曲，我就唱一曲！

有了这话，新 Aunty 只得站起来，走到钢琴前，吉婕早已经坐好了，两人低声说一个歌名，吉婕弹出前奏，是《缅甸之夜》。

钢琴上面，宝蓝瓷盘里一棵仙人掌，正是含苞欲放，那苍绿的厚叶子，四下里探着头，像一窠青蛇，那枝头的一捻红，便像吐出的蛇信子。

令人意外的，Aunty 唱得不坏，却也透露她的歌女的出身。

众人静听着，乔诚爵士从盘子里捡起一支雪茄，乔琪乔立刻打开打火机，送到跟前，乔诚却放下雪茄——

乔　诚：行了行了，意思意思的，还唱个没完了！

歌声戛然而止。

薇龙睡着，忽地一惊，睁开眼睛，原来是底下关车门的声音——送客了。房间很亮，满是月光。薇龙起身，站到窗前，拉开珍珠罗帘幕，倚着窗台望出去，外面是窄窄的阳台，铁栏杆外浩浩荡荡都是雾，一片蒙蒙乳白。

坡道下的空地上，横七竖八停着车，乔琪乔随乔诚爵士身后，到车跟前，抢一步拉开车门，乔诚爵士并不看他，坐进去。一只手伸过来，挡住车门顶部，回头看，是睨睨。新 Aunty 拉开另一侧车门，方要坐进来，却被吉婕抢先坐了进去，只得坐副驾驶座。汽车转弯，乔琪乔正好对着车窗里的吉婕，又是一个大大的鬼脸。乔琪乔手里甩着车钥匙，上了自己的车，又是一声车门碰响。

薇龙站在窗户前，向下看去，什么也看不见。远处是海，海上点点渔火。

乔琪乔的车驶下山道，再驶过沉睡的街市，又上山，驶向一座大宅，要比梁太的小白楼宏大，素朴，因而也威严。说是一座，其实是一片，从主楼部分，依地势蔓延，然后围起院子。中国式的门楼，覆着琉璃瓦，翘檐在夜幕中格外醒目。汽车从门楼底下驶进。

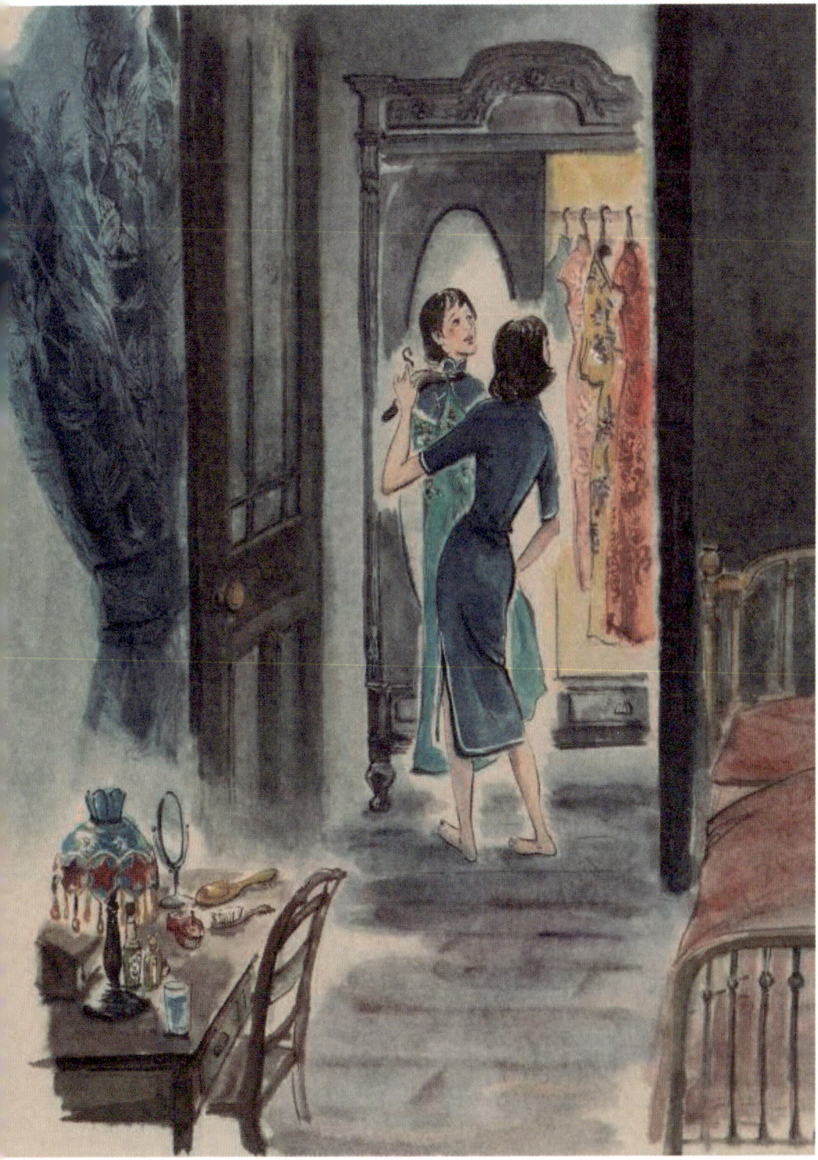

乔琪乔走入正门，天花板很高，走道和楼梯宽阔，人显得很小，而且拘谨。走廊两边的门一律闭紧着，墙上挂满大小镜框，各色家庭照片，有单独的、集体的、结婚的、出殡的，小小的孩子，表情俨然的老人，其中有几张外国面孔，迅速从乔琪乔身旁掠过。乔琪乔走到走廊尽头，一转弯，下几级楼梯，走进一条稍窄的短廊，停在一扇门前，直接推进去。里面是洗手间，有浴缸，洗脸盆，毛玻璃隔离的厕所，靠墙一具梳妆台，堆满瓶瓶罐罐的化妆品，吉婕正坐在台前卸妆，脸上抹了卸妆油，将眼影、胭脂、口红，搅成一团，五颜六色。乔琪乔的闯入并没有惊动她，看起来，是相当稔熟的关系。

乔琪乔：（从她身后看着镜子）像什么？像中国戏曲里的脸谱！

吉　婕：（嫌恶的表情）什么脸谱，分明一张鬼脸子，趁早嫁个伊斯兰教的人，终年蒙着面纱。

乔琪乔：我倒喜欢自己的脸。（对镜子左顾右盼）

吉　婕：中国人看着像洋人，洋人看了像中国人，（对着镜子端详一时）比较起来，还是更像洋人一点，所以，我还是去外国比较好。

乔琪乔：父亲会答应送你去外国的，他喜欢你，不喜欢我。

吉　婕：你自己不争气，几回考上大学，又退学出来，还闹出那么些风流公案!

乔琪乔:(把手伸到她面前)拿来!

吉　婕:拿来什么?

乔琪乔:钱!

吉　婕:没有!

乔琪乔:看你挤进父亲的车,不敲一笔钱,谁相信?

吉　婕:随你信不信,就是没有!

乔琪乔不由分说,就在吉婕身上翻起来,吉婕躲着,躲不开,两人都有些兴奋,这番搜检多少有一点狎昵的意味,最终,什么也没有搜出来,乔琪乔放开吉婕,转移到梳妆台上的瓶罐,最后,在一个粉罐里抽出一卷钱,举到吉婕眼前。

乔琪乔:这是什么?

吉　婕:不知道!(忽又跳起来)一人一半!

乔琪乔:当然,一人一半!

吉　婕:(取回自己的一份,放回粉罐)这可是我的嫁妆钱,英国
　　　　人最看中嫁妆。

乔琪乔:那个英国骑兵会娶你吗?

吉　婕:谁嫁他,丘八!(停了停)英国乡下地方,古堡里住着的,
　　　　都是没有嫁妆的老处女。

乔琪乔：（已经走到门口，停住脚）我觉得，像我们这样的混种，还是在香港最好！

乔琪乔走出吉婕的浴室，走过一段走廊，推门进自己的卧室。打开衣橱，取出一具铁盒子，揭起盖，向里看，脸上有一种安心和欣慰的表情，目前我们还不知道盒子里是什么。

早晨，梁太的书房似的小客厅里，隔扇拉拢，空间回复原先的狭小隐蔽。梁太不端不正坐在金漆交椅上，一条腿勾住椅子的扶手，高跟织金拖鞋荡悠悠地吊在脚趾尖，随时可以啪地一声掉下地来。沿额向后扎着一条鹦哥绿包头，手里拿一把芭蕉扇子阖在脸上。

睇睇斜签靠在牌桌子边，把麻将牌慢吞吞地掳起来，有一搭没一搭地丢在紫檀盒子里，稀里哗啦一片响。

薇龙立在地上，由一名裁缝替她试穿新制的衣裳——家常的织锦袍子，纱的，绸的，软缎的，短外套，长外套，海滩上用的披风，睡衣，浴衣，夜礼服，喝鸡尾酒的下午服，在家见客穿的半正式的晚餐服——换穿的间隙，身上就只剩一件白色的吊带衬裙，显得青涩幼小。

睇睇时不时地乜斜眼看一看。

梁　太：你不知道来龙去脉。我是你家什么人？——自甘下贱，败坏门风，兄弟们给我找的人家我不要，偏偏嫁给姓梁的做小，丢尽了娘家那破落户的脸。吓！越是破落户，越是茅厕里砖头，又臭又硬。

裁　缝：（是梁家从上海带过来的旧人，什么都不瞒他的，此时笑着）太太和她说，她并不懂！

梁　太：是啊，她生晚了，没赶上热闹，没听得她爸爸当初骂我的话呢！

睇睇"砰"盖上麻将盒，拿起来走出去，梁太的眼睛跟着她。

睇　睇：（与门外传递衣服的睨儿走个对面）就像长三堂子里买进一个人！

睨　儿：睇睇你这张嘴，最好关住了，别以为乔诚爵士带你出去几回，就会替你撑腰。

睇　睇：我和乔诚爵士怎么了，倘若少奶拿这事开刀，十之八九是你挑唆的。

睨　儿：我挑唆你有什么好的？这才叫"狗咬吕洞宾，不识好人心"！

里边试好衣服，睇睇和睨儿进去收拾，各人捧一堆衣服随薇龙出门。

梁　太：睇睇站住！

身后的门关上，紧接着有什么器物摔在地上，一声炸响，薇龙不禁打了个寒噤。

睨　儿：骂的是睇睇，你别怕！

房间内，睇睇蹲在地上，拾着花瓶的碎片，又一件瓷器摔下来，擦着睇睇的身子落地。

梁　太：（不动声色地）放下吧，让小丫头们收拾，你去换身衣服，你爹妈就要上来。

睇　睇：（吃惊地，手里拾起的瓷片又放回到地上）他们来做什么？

梁　太：带你回家。

睇　睇：（嗖一下站起来）哦，打替工的来了，这回子可趁了心了，自己骨血，一家子亲亲热热地过活吧，肥水不落外人田！

薇龙隔门听见，站住脚，似明白非明白。

梁　太：从前你和乔琪乔的事，不去说它了，现在又靠上更大的，偷偷摸摸跟乔诚爵士去兜风，打量我不知道呢！都能做你爸的爸了，就这样贱，这样迁就，天生的小丫头胚子！

睇　睇：就这样迁就，人家还不要我呢，不是小丫头胚子，人家还是不敢请教，这是什么道理？

梁　太：你说什么道理？你倒是说说看？

睇　睇：少奶放我在房里，不就是当鱼饵，引人的，上了钩，又咽不下气了，就是这个道理！

梁　太：说得好！

睨儿进来。

睨　儿：乡下的上来了。

梁　太：进来吧！

门推开，进来一对中年夫妇，种田人的黑黄脸色，身上穿着进城的黑拷绸衫裤，更显得僵僵的。

睇睇爹：（鞠躬）少奶大安。

梁　太：（眼睛不抬）不敢！领你家女儿回去吧，女大不中留，找个正经人家，打发了。

睇睇爹：少奶说得很对，家里还有个小的，特特送给少奶调教，不晓得有没有福分！

从睇睇娘身后推出一个十三四岁的小姑娘，身子没有长足，脸黑黑的。

梁　太：你家的姑娘都有异禀，领教了一个，再不敢第二个了。

薇龙站在门外听，不料门一下子冲开，里边的人呼啦啦拥出来，踏踏走过前厅，花园的游廊里早等着两个挑夫，担了一只朱漆箱笼，哼哼呵呵走起来了。

睇　睇：（把住门框，朝后坠着身子）我知道谁在你跟前捣鬼，就是乔家的汽车夫。乔家一门子老的小的，你都一手包办了，他家七少奶新添的小少爷，只怕你早下了定了。连汽车夫你都不放过。

睇睇爹掴她的脸，硬从门框上将她扒下来。

梁　太：（笑起来了）怪我心慈手软，待她太好，惯成这样，回家都不好教养了。

睇　睇：你好？你好？别叫我说出好的来！

梁　太：你说，你说，说给新闻记者听去，这不花钱的宣传，我乐得讨个便宜。

睇睇爹：少奶消气，我打死她！（掴她）

梁　太：你也别打她，人是我调坏的，本来打算跟她慢慢地算账，现在我可太累了，没这精神歪缠，赶紧地走吧！

睇　睇：走就走，在这儿做一辈子也没有出头之日！

梁　太：好样的，只怕没人敢收容你。

睇　睇：普天下只香港这豆腐干一块地方吗？

梁　太：你们听听，一句递一句，还有个主仆之道吗？

睒睒爹一路捆她，她娘跟在身后，那小的牵着娘的衣服后襟，吓得浑身打战。

薇龙立在廊柱的一片阴影里，满脸惶遽之色。

梁太将手中的烟卷向一盆杜鹃花里一丢，转过身来便走，那杜鹃花开得密密层层的，烟卷儿窝在花瓣子里，一霎时就烧黄了一块。

第三节

两月后。

薇龙坐在梳妆台前，让睨儿替她梳头，头发是烫过的。从镜子里看，薇龙有一点不像，似乎脸庞圆润丰腴一些，其实并不只此，而是神情中有了女人气。

睨　儿：换了衣服再梳头吧，袍子套上去，又把头发弄乱了。

葛薇龙：挑件素净些的。我们唱诗班今天在教堂里练习，他们教会里的人，看了太鲜艳的衣料怕不喜欢。

睨　儿：（打开衣橱门，里面的电灯泡立刻亮起来，寻出一件姜汁黄朵云绉的旗袍）我又不懂了。你又不信教，平白去参加那唱诗班做什么？一天到晚的应酬还忙不过来，夜里补上时间念书念念到天亮。你看你这两个礼拜忙着预备大考，脸上早瘦下一圈来了！

葛薇龙：你又不是不知道的，我在外应酬，无非是碍在姑妈面上，必得随和些。我念书，是费好大的力，才得到这么个机会，不能不念出些成绩来。

睨　儿：不是我说扫兴的话，念毕了业又怎样呢？姑娘你这还是中学，香港统共只有一个大学，大学毕业生还找不到事呢！事也有，一个月五六十块钱，在修道院办的小学堂里教书，净受外国尼姑的气。那真犯不着！

葛薇龙：我何尝没有想到这一层呢？活到哪里算到哪里吧。

睨　儿：我说句话，你可别生气。我替你打算，还是趁这交际的机会，放出眼光来拣一个合适的人。

葛薇龙：（冷笑）姑妈这一帮朋友里，有什么人？不是浮滑的舞男似的年轻人，就是三宫六嫔的老爷。再不然，就是英国兵。中尉以上的军官，也还不愿意同黄种人打交道呢。这就是香港！

睨　儿：（扑哧一笑）我明白了，怪不得你饶是排不过时间来还去参加唱诗班，听说那里面有好些大学生。

薇龙反身打一下睨儿，禁不住笑了。

铁门跟前,一个男孩子,按了门铃。从年纪和装束看,是个大学生。在南亚人里算得上高个子,宽肩膀,黄黑肤色,眉眼平整。小白楼的楼顶露台,梁太举着一副袖珍型望远镜,远远看着。望远镜头里又出现了薇龙,两人面对面站着说话。

卢兆麟: 你姑妈的家?

葛薇龙: 是。

卢兆麟: 你姑妈很有钱!

葛薇龙: (领前走下梯阶)姑父有钱,香港数一数二的阔人,留给姑妈许多财产。

卢兆龙: 你姑父是不是梁季腾?

葛薇龙: 你怎么知道?

卢兆麟: 邮箱上写着"梁府"字样,我就猜想。(有些兴奋)都知道梁季腾在山上有一座房子,人称"小白楼",原来是你姑父!

葛薇龙: 也算不上正经姑父,我姑妈没有名分的。

卢兆麟: 你总归是你姑妈的侄女儿。

葛薇龙: 她是她,我是我!

说着话,身后驶上来一辆奥斯汀轿车,轻按一声喇叭,两人让到路边,不料后座车窗摇下来,露出梁太的脸。

梁　太：上车吧，捎你们一段。

薇龙欲上后座。

梁　太：薇龙坐前面。

于是薇龙坐到印度司机旁边，卢兆麟与梁太并排坐后座。卢兆麟的表情既惶恐，又兴奋，不敢旁视，直对前方。

梁　太：叫什么名字？

卢兆麟：卢兆麟。

梁　太：大学生吗？

卢兆麟：是的。

梁　太：几年级？

卢兆麟：三年级。

梁　太：哪一科？

卢兆麟：医科。

梁　太：毕业以后什么打算？

卢兆麟：教会医院，先做实习。

梁　太：没想过出洋，读个博士什么的。

卢兆麟：想，又不敢想。底下还有弟弟妹妹，等我挣钱供着读书呢。

梁　太：（哼一声）钱，算是个什么事，难得的是人才。

卢兆麟回头看梁太，薇龙从后视镜里看卢兆麟。

梁　太：薇龙。

葛薇龙：（回过头）姑妈？

梁　太：下一周开园会，请你唱诗班的小朋友来唱几段。

葛薇龙：（转回头去）谢谢姑妈。

梁太这才看卢兆麟一眼，卢兆麟笑了，露出洁白的牙齿。

梁　太：到底小孩子家，一有好玩的，就乐得这样！

几日之后，梁宅里兴师动众，办起园会。草地上遍植五尺来高"福"字大灯笼，等黄昏时分点上火，就有《清宫秘史》里的气氛。灯笼丛里歪歪斜斜插了几把海滩上用的遮阳伞，香槟台、高低圆桌、藤椅，草坪一侧凉棚底下，站了一排唱诗班的少男少女，一架风琴抬了出来，等着开场。另一侧角落里架起一座儿童滑梯，小孩子爬上爬下，身上已经沾了泥水，还打起来了。丫头们一律拖着油松大辫，银盘子颤巍巍托着鸡尾酒、果汁、茶点，弯着腰在伞丛中传来传去。

忽然，乐声响起，原来还有一支小西洋乐队，奏的是《土耳其进行曲》。主人——梁太走入草坪，穿晚礼服，背裸到腰间，丝质手套长过肘际，后面是乔琪乔和吉婕，仿佛金童玉女，前者别出心裁地穿一件中国黑色绸衫，却像是日本武士的和服，将一张白脸显出格外的俊俏。吉婕则是吉卜赛女郎的穿扮，雪白的脸上，淡绿的鬼阴阴的大眼睛，漆黑的睫毛，墨黑的眉峰，油润的猩红的厚嘴唇，美得带些肃杀之气。这一组人仿佛化装舞会，唱诗班的小男女就有些哗然。

梁太走过唱诗班，向卢兆麟飞了一个吻，卢兆麟挥手回应，旁边一个男生看见了。

男　生： 她是你妈？

卢兆麟： 是你妈！

葛薇龙：（冷冷地）是我姑妈！

乐曲奏毕，风琴被一名外国修女奏响，唱诗班唱起一支赞美诗。乔琪乔紧随梁太身边，忽然伸手到梁太脸面前，将她唬一跳，原来是赶一只蜂子，却被蜂子蛰了手，留下一根刺，飞走了。睨儿见他可怜，替他拔了刺，眼看着鼓起一个包，睨儿到冰桶里包了一兜冰，教他敷着。混乱中，赞美诗唱完，少男少女散开，卢兆麟和薇龙一起，去到餐台上挑吃的。

梁　太：（对乔琪乔）带你去见一个人！

径直向前走去，乔琪乔用冰袋托着手，跟在后面，一直走到卢兆麟身旁，梁太一拍他肩膀。

梁　太：（牵着卢兆麟的手）学历，相貌，人品，比你怎么？

乔琪乔：异类不比！

梁　太：不服气不行！（顺势将卢兆麟牵走）

　　乔琪乔和薇龙被抛在原地，薇龙将捡了半盘的吃食统统倒进垃圾桶。

乔琪乔：不吃他们的，我们去吃法国菜！

葛薇龙：谁和你"我们"？不走，看看也好！

乔琪乔：我要看你！

葛薇龙：看我做什么？难道我是你的眼中钉！

乔琪乔：可不是眼中钉！这颗钉子恐怕没有希望拔出来了。留着做个永远的纪念吧。

葛薇龙：（笑出来）你真会说笑话。

　　两人的目光从人群里各自寻找各自的目标，落在同一个地方，就是梁太和卢兆麟，正坐在一柄蓝绸条纹的大伞下，梁太双肘支在藤桌上，嘴里衔着杯中的麦管子，眼睛衔着对面的卢兆麟，卢兆麟的眼睛却溜出去，看着人丛里的吉婕。唱诗班的小男女围着吉婕，不知道说了什么，只见吉婕一展臂，跳起弗拉明戈舞，梁太伸手将卢兆麟的脸正过来。乔琪乔和葛薇龙同时收回目光，转过脸来，又打个照面。此时，这一对男女，乔琪乔一派异国风味，偏偏穿一身黑绸衣，薇龙是一件瓷青色薄绸短旗袍，一深一浅，格外好看，两人自己却不觉得，一同走开了去。

乔琪乔：（轻叹一口气）我真该打！怎么竟然不知道香港有你这么个人？

葛薇龙：留着你的话哄我姑妈去吧，她是在气你！

乔琪乔：我倒没什么，可是你，在生气呢！

葛薇龙：我有什么可气的？

乔琪乔：你的朋友被你姑妈占住了！

葛薇龙：我的"朋友"？连我自己都是姑妈的！

乔琪乔：赶紧地，说咱们自己的吧——差一点就错过了。

葛薇龙：错过什么啦？

乔琪乔：差一点我就错过了这机会。真的，你不能想象这事多么巧！也许我们生在两个世纪里，也许我们生在同一个世纪里，可是你比我早生了二十年，十年就够糟的了。若是我比你早生二十年，那还许不要紧——我想我老了不至于太讨人厌的，若是倒过来，你比我早生二十年——

葛薇龙：那不就是姑妈和你！

乔琪乔变了脸，转身就走，薇龙拉住他，自觉得太厉害了，和缓下来。

葛薇龙：说句玩笑话嘛！

两人静默下来，远远的，拥簇成一团的人，忽地炸开来，仿佛着火似的，其实是吉婕的大裙子，旋转成一朵花。

卢兆麟：（眼睛又移过去）她是谁？

梁　太：乔爵士的私生女，和乔琪乔是一对，龙凤胎！他爹和葡萄牙女护士生的。

卢兆麟：哦！

梁　太：女护士送回老家，孩子留下。

卢兆麟：啊？

梁　太：姓乔的，典型的中国人，多子多福！

卢兆麟：女护士愿意？

梁　太：（一笑）有钱能使鬼推磨！

乔琪乔和葛薇龙远远看人丛里吉婕舞蹈的身影。

葛薇龙：我倒不知道，你还有个妹妹。

乔琪乔：她顶不爱人说我是她哥哥。

葛薇龙：这是为什么？

乔琪乔：她说一个鬼脸子够了，还要一对！

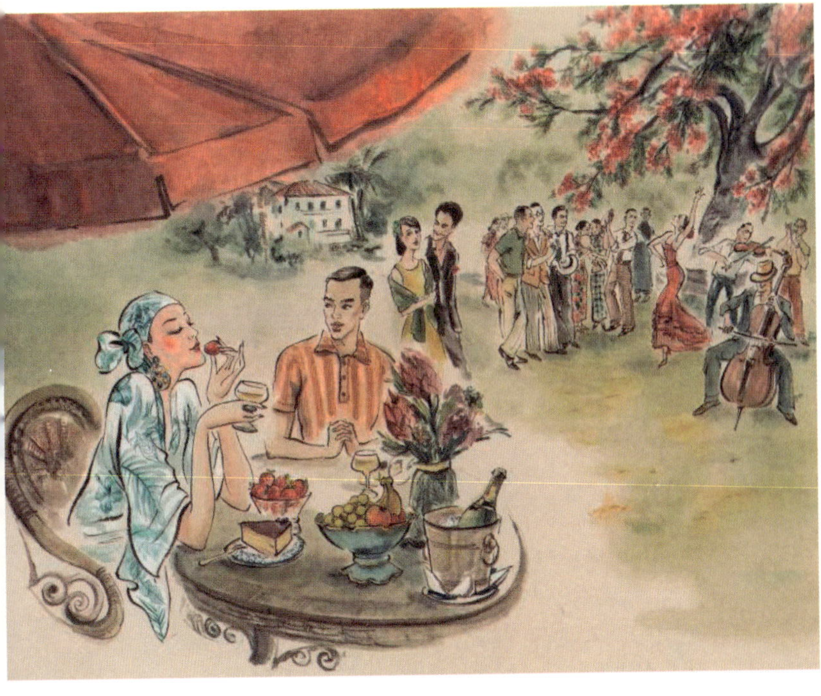

葛薇龙：其实你们不顶像,她比你更像洋人。

乔琪乔：(显然不愿意继续此话题)你跟那班无聊的人应酬了半天,也该歇一歇了。

葛薇龙：被你这一说,我倒真觉着有些吃力了。

移动几步,找一张长椅坐下,乔琪乔也跟着坐下了。隔一会儿,薇龙"扑哧"一笑——

葛薇龙：静默三分钟,倒像致哀似的。

乔琪乔：两个人在一块儿坐着,非得说话不可吗?(说话间,将手臂伸过来,搭在薇龙背后的椅靠上)

葛薇龙：(回避地坐直身子)我们还是谈谈话的好。

乔琪乔：你一定要说话,我说葡萄牙话给你听。(低下声音说起来)"爱情是看不见的火焰;爱情是不觉痛的创伤;爱情是不开心的快乐,是令人疯狂的无痛之痛。"

葛薇龙：(侧着头,抱着膝盖,听了半晌,笑道)我又不懂你在说些什么,多半你在骂我呢!

乔琪乔：你听我的口气是在骂你吗?我把它翻译成英文说给你听吧!

葛薇龙：我也未必听得明白,一年前,我在学校课室以外从来不说英文的,最近才跟姑妈的朋友们随口说两句,文法全不对，所以，你还是可以骂我！

乔琪乔：那么我就直接用中文说给你听，只怕我没有这个胆量。

葛薇龙：（低下头，捂住耳朵）谁要听！

乔琪乔：我说了！

葛薇龙：我不听！

乔琪乔：（硬拉下薇龙的手，凑住她的耳朵，要说又收住）我也不敢说了。

薇龙挣出手，站起身就走，恰巧梁太和卢兆麟各人手里擎着一杯鸡尾酒，泼泼洒洒的，并肩走了过来，两人都带有七八分酒意了。

梁　太：（眼睛不看乔琪乔，对了薇龙）你去把吉婕找来，给我们弹琴。趁大家没散，我们唱几支歌，热闹热闹。

薇龙转身要走，回身对乔琪乔——

葛薇龙：（正色道）这会子我没有工夫跟你缠了，你可不要再去搅扰我姑妈，谢谢你！

乔琪乔：你不知道，我就爱看你姑妈发慌。她是难得发慌的。一个女人，太镇静过分了，四平八稳，那就欠可爱。

葛薇龙：她在兴头上，何必害她不自在！

乔琪乔：你姑妈是不会失败的，但是今天，对于我，她失败了！

葛薇龙：（本不理睬他，听到此话又好奇起来）何以见得？

乔琪乔：因为我，不在乎她了！

葛薇龙：你满嘴胡说，我也要失败了，快走开！

乔琪乔：你要我走开，我就走。你得答应明天我们一块儿去吃饭。

葛薇龙：我不能够。你知道我不能够！

乔琪乔：我要看见你，必须在你姑妈眼皮子底下吗？你就没有一点自由吗？

葛薇龙：（这话有点说到心坎上，却使她真生气了）你当我是谁？我是和你混世界的女人吗！

　　葛薇龙跑出几步，忽然头顶一朵烟花炸开，吱吱啦啦垂下流星花瓣。遮阳大伞收起来，"福"字大宫灯亮了，又一朵烟花盛开空中。薇龙站住脚，定在原地，和乔琪乔两人一同仰头望天。

第四节

　　海上边，一角山崖，仿佛金丝托盘，托着一座小白房子。越走越近，然后拐个弯，小房子不见了，再继续走，上坡道，一座镂花铁门在坡道尽头，小白房子就在了铁门的镂花里面。铁门留了一道缝，侧身进去，走过石卵甬道，进了回廊，迎面过来小丫头，让到墙边，等人走过去。现在，可以看见走路人是卢兆麟。卢兆麟走在廊柱底下，左顾右盼，那长廊似乎走也走不完。

梁太的房间，分前后两进，中间有垂幕半遮半掩，看得见垂幕后的卧床，睨儿带一个小丫头正铺扫床铺，用一把艾草，在蚊帐四角熏着，再放下帐门。外间是一个起居室，放一张小方桌，梁太坐一边，卢兆麟、乔琪乔、葛薇龙各坐一边，四人手里握了扑克牌，打一种俗称"抽乌龟"的牌戏——事先扣下一张牌，余下的牌就成了单数，然后顺时针方向，上首抽下首的牌，和手里牌成一对的，就甩出去，先甩完牌的为赢家，得一颗巧克力，最后手里剩一张牌的就做了"乌龟"。卢兆麟做了赢家，梁太亲手剥一颗巧克力送到他嘴里，卢兆麟的嘴合得快了，险些咬了梁太的手，梁太"唑"地一声，那两位看在眼里，却装看不见。

这一副牌，梁太和薇龙的牌相继出手，余下卢兆麟和乔琪乔，卢兆麟手上一张，乔琪乔手上两张，很明显，其中有一张"乌龟"，卢兆麟犹疑良久，终于决定其中一张，一下子捏住，乔琪乔捏紧了，不让抽，卢兆麟越发肯定，用力抽，乔琪乔索性将两张扔到桌上的牌堆里，两手乱搅一通，眼睛看着卢兆麟，挑战的表情，他的脸忽变得蛮横，流露出一种原始性。

卢兆麟：你耍赖！

乔琪乔：我愿意！

卢兆麟：这样就不好玩了。

乔琪乔：不好玩不玩。

卢兆麟：有这样的吗？

乔琪乔：这样那样，随便哪样！

卢兆麟求助地看梁太，梁太仿佛很欣赏地看这一幕，抽一支烟，看两人乌斗眼似的相互对视。薇龙还是当没看见，低头理牌。

卢兆麟：没意思。

乔琪乔：没意思回家去！

卢兆麟站起来要走。

梁　太：（厉声道）谁的家？我的家！（缓和下来）这一件不好玩，换一件玩意儿。

楼下草坪，临时拉一道网，四个人打羽毛球。梁太和卢兆麟对打，卢兆麟只是喂给她球，却也招架不住。

梁　太：这是羽毛球，不是网球，手下留情啊！

卢兆麟：网球是网球，羽毛球是羽毛球，未必胜得过姑妈，（正说话，一只球过来，有意无意不接，落在脚边）看！

梁　太：不行不行，分明是让我的。

卢兆麟：哪里让得了啊！

梁　太：（笑）你看不起人！（转身向那两个）你们试试，晓得网球冠军的厉害，以后不敢欺负他！

梁太转身走出草坪，上楼洗澡去了。余下三个年轻人，这两个当然不是卢兆麟的对手，又有先前的积怨，彼此恨恨的，尤其乔琪乔，下手重，球总是在拍子上飞出去，卢兆麟则吊他球，让他东奔西突地捞球，还是捞不着，薇龙就跟着左右拾球，更让卢兆麟上火，一时没控制住，将球往薇龙脸上打去，薇龙头一低，让开了，脚下却趔趄一下，倒在地上。乔琪乔将球拍一扔，冲过去，揪住卢兆麟的衣领。

乔琪乔：这就是医科生的做派吗？打女生！

卢兆麟：我不是有意的！

乔琪乔：谁知道，道歉！（用手按他的头）

卢兆麟：（伛起来了）我和葛薇龙的过节，关你何事！

乔琪乔：你和葛薇龙的过节？什么过节，说来听听！

卢兆麟：我们的事，说给你听干吗？

乔琪乔：葛薇龙，听见吗？他说他和你有事！

薇龙看着两人厮打，并不作声，隐隐的，有一点她姑妈的作风。

卢兆麟：杂种！

乔琪乔：你纯，纯得你妈一个人生你下来，以为你是耶稣啊！（捆他一掌）

卢兆麟：（大惊亦大怒）你亵渎！

乔琪乔：你亵渎！

卢兆麟：上帝看在眼里！

乔琪乔：葛薇龙，卢兆麟说上帝看见你和他有事！（又捆他一掌）

薇龙不禁笑了。

卢兆麟：你笑，你还笑！

葛薇龙：他说得好笑嘛！

卢兆麟：我看你是中邪了！

乔琪乔：（蹦跳着）他是耶稣哎！

薇龙跟着跳起来，放纵地笑着。梁太穿着浴衣，头上裹着毛巾，站在二楼阳台上，冷眼看底下年轻人这一出戏。

卢兆麟：（抹去被乔琪乔捆出的鼻血）你们身上附了魔鬼，要招报应的！

乔琪乔：耶稣，耶稣，逃跑了！

薇龙笑得直不起腰。

乔家大宅，白天看起来，更加宏伟，而且肃穆，从另一个角度看进去，草木很深，有池塘，池塘上有桥，山上有一个亭子。薇龙站在侧门口，显得人特别小，仿佛一个儿童。门开了，走出着长衫的男人，管家的模样。

葛薇龙：我是梁太家的侄女儿，后日我家请客，姑妈想借你家的大司务帮忙，教厨房里做一餐西点，不晓得能不能腾出时间来。

管　家：梁太家的事，向来就是自家的事，怎么腾不出时间？摇个电话不就得了，还让小姐你跑一趟。

葛薇龙：姑妈说曾经吃过你家一味巧克力蛋糕，味道好得很，一定要当面说到。

管　家：回去和你姑妈说，放一万个心——

乔琪乔和吉婕已经在窗口看见葛薇龙，一并跑下楼梯。

乔琪乔：（拉起薇龙）别回去！（对管家）你去和梁太说！

葛薇龙：（苦笑）我一时也回不去，姑妈召了卢兆麟吃茶，专门打发我出来，不让搅扰他们。

吉婕抢上前，夺过薇龙的手，拉走了。

吉婕的浴室里，吉婕坐在梳妆台前，让薇龙替她画脸。

吉　婕：别和我哥哥纠缠，可是不好惹！

葛薇龙：我没惹他。

吉　婕：你不惹他，他来惹你，不是一样的吗！

葛薇龙：我不会让他惹着我的。

吉　婕：薇龙你不知道，杂种的男孩子，再好的也是脾气有点阴沉沉的，带点丫头气。

葛薇龙：（拿起一支眼线笔）还要描吗？中国女孩子要描的，就是你这双眼睛。

吉　婕：（抬起脸让薇龙描眼线）让她们来做做我们，就晓得多少尴尬！跟纯粹的中国人搅不来，外国人也不行！这儿的白种人哪一个不是种族观念极深的？好像谁娶了东方人，这一辈子的事业就完了。

葛薇龙：（放下眉笔，咬着指甲）真的？我从来没有想到这一层。原来你们选择的范围这么窄！

吉　婕：这儿殖民地的空气太浓厚了，换个地方，种族的界限该不会那么严吧？总不见得普天下就没有我们安身立命的地方。

葛薇龙：即使不嫁人也没什么的，受了教育，找份工作，衣食独立。

吉　婕：你说得对，我哥哥就偏做不到这点，不独立就不独立吧，还不打紧，顶糟的一点就是，我爸爸不喜欢他，我们的母亲很快就失了宠，被遣走了，我是女孩子，终是人家人，可他呢，在乔家可以算是出类拔萃的不成材，别看他吃穿玩都是一流，实际上手头拮据得很，都是自己上外面打野食。

葛薇龙：你放心，我虽然傻，也傻不到那个地步。

梁太家，卧室里，床前，梁太垂腿坐在床沿，卢兆麟向帐里倾着身子，扑一只蚊子，扑不到，索性跪在床上，终于够到了，"啪"地打一巴掌，帐帘几乎应声而落，梁太收起腿进到帐内，帐帘合起了。

乔家大宅里，沿了走廊，乔琪乔一扇一扇门推开，寻找薇龙和吉婕，最后有一扇推不开锁死的门，晓得人在里面，便敲起来。里面的人先是屏气敛声，后又撑不住笑，再接着下了锁，拉开门，从乔琪乔身边冲出去，手拉手跑在走廊上。乔琪乔在身后追，这幢阴沉的大宅里，因年轻人的笑闹，顿时有了明朗的气氛。两个女孩跑到楼梯口——楼梯分两翼而上下，两人分开手，各走一翼。薇龙跑到尽头，又有一弯楼梯，跑进去，其实已进入宅子的主体，即我们第一次跟随乔琪乔走过的走廊,宽阔,高大,寂静。墙壁两边挂着家族照片,薇龙慢下脚步,回头看,奇怪乔琪乔和吉婕去了哪里。想回头找,又被墙上的照片吸引,一帧一帧看过去——照片上人物都有着呆板严肃的面容,其中有一两张混血孩子的照片,一左一右坐在母亲——一个葡萄牙女人膝上,忽然墙上洞开一扇门,门里是英国书房的陈设,一隅的沙发上,坐着乔诚爵士。

乔　诚:(抬头)找谁?

葛薇龙:乔琪乔。

乔　诚:不在这里。(遂低头继续看书,薇龙退出,又抬头向门口看去)

薇龙循来路反身走去,冷不防,后面有一双手,将她拥进怀里。她挣脱着,却被紧紧箍住,并且捂住她的嘴。

乔琪乔:(伏在薇龙耳边)带你看样东西!

薇龙不挣了,由他挟裹着走上走下,被裹进一扇门里,乔琪乔松开手。

是乔琪乔的卧室,本来就高敞,因家具少,更显得空旷,有一股寂寥,房间中央有一张大床。看见床,薇龙又开始挣扎。

乔琪乔:你要不要看?平常人是不给看的!

乔琪乔并没有推她到床跟前,而是转了方向,朝墙边橱柜去。

拉开橱门，一排灯泡亮着，拖出一具铁盒，揭开盒盖，薇龙向里探一眼，不觉惊叫一声，欲后退，却被乔琪乔辖制住，不能动。铁盒里盘了一条蟒蛇。

乔琪乔：（拉住她的手，放在蟒蛇身上）它很温柔的。它喜欢你！

薇龙的手触到蟒蛇，放松下来，轻轻地抚摸。

梁太的卧室，合拢的帐帘，仿佛有风，动一动，又平息下来。

乔琪乔的卧室，两人穿着鞋坐在床上，面前是盛蛇的铁盒子，就像祭神似的，看上去有点怪异。

乔琪乔：薇龙，你是个好女孩子，你这样为你姑妈利用着，到底为谁辛苦为谁忙？

葛薇龙：（推开他）我姑妈是个可怜人，从来没有享受过青春。

乔琪乔：她是个纯粹的拜金主义，所以才会嫁个老头！

葛薇龙：你不也是拜金主义，才会奉承我姑妈，换一点嚼吃！

乔琪乔：（被说中了，有点难堪，随即又皮厚起来）你呢？你也到你姑妈跟前来了，我们是一对拜金主义！

葛薇龙：（突然生气了）谁和你一对！

乔琪乔：（一把抱住她）你不能生气，你一生气就像你姑妈了！

梁太的卧室，砌在地面下的澡盆，像一个小小的泳池。睨儿在放水，边上放置浴巾，准备主人沐浴。

卧室里，乔琪乔和薇龙已经和解，乔琪乔从背后拥着她，站在一具女用梳妆台前，身后大床上盘踞着蟒蛇。

乔琪乔：（拿起一把发梳，梳自己的头，又放到鼻子底下嗅着）这是我妈妈的气味。

葛薇龙：我妈妈的梳妆台是黄杨木的，放着桃子形的瓷缸，里面是爽身粉。

乔琪乔：你们家的房子是怎么样的？

葛薇龙：我们上海的家，不能和你们比，三层楼的弄堂房子，底层客堂，墙上钉着美女月份牌，美女的臂膀上，母亲用铅笔写着电话号码，荸荠行的、豆浆店的、舅妈的、三阿姨的———

说这话的过程中，乔琪乔就用梳齿在薇龙胳膊上画字，薇龙推挡着。

葛薇龙：二层爸爸妈妈住；三层楼，娘姨带弟弟住一间，我和妹妹住一间，合睡一张黑铁床，床上的褥子，白底红柳条……

乔琪乔：（又轻佻起来，将薇龙推到墙根）我也要睡黑铁床，叫你妹妹出去，我们俩睡！

这一回，薇龙真生气了——

葛薇龙：我知道你们的诡计，你是要气我姑妈，我姑妈要气你，我和卢兆麟就赔了进去！

乔琪乔听见"卢兆麟"三个字，也真生气了，松开手——

乔琪乔：找你的卢兆麟去！

薇龙推门出去，门外站着吉婕。

吉　婕：让你别惹他对不对！

薇龙疾步走在回姑妈家的坡道上，天阴下来，空气中水分充盈，于是，四野的植物颜色更加浓郁：芭蕉，栀子花，玉兰花，香蕉树，樟脑树，菖蒲，凤尾草，象牙红，棕榈，淡巴菰……南亚地方，各种季候带的草木花卉一并生长繁殖，此时又都长出一截。

梁太房里电话铃响，接起来。

梁　太：司徒啊，稍等等哦！

梁太蹑着手脚，轻轻推卢兆麟出门，睇儿即将人接过去，掩上门，梁太又回到电话跟前。

睇儿带卢兆麟下楼梯，出门，走在回廊，薇龙正进来，被廊柱阻断视线，彼此没有看见，走了过去。

薇龙走进姑妈房间。

梁　太：（放下电话，回头看见薇龙，方才脸上的笑容顿时收起了）
　　　　去这么久！快换衣服，司徒有请！

葛薇龙：能不能不去？

梁　太：不能！

葛薇龙：有点累。

梁　太：谁不累？

一件袍子从头上套下来，露出一张苍白的脸，睨儿给薇龙梳头发。

丝袜套上脚，动作急，用力过大，扯出一根丝，脱去，重新换一双。

踩进高跟鞋，没站稳，歪一下，睨儿及时扶住，稍定神，深呼吸。

印度司机坐在驾驶座上，姑妈已在车里坐等，薇龙匆匆跑来，开门坐进去，车下山去。

广东酒楼，悬挂密密的红灯笼，护墙板上描龙画凤，俗丽到头，则有了繁华的境界。厅堂有四五桌宾客，司徒协女儿在汕头结婚，此时新人在内地，司徒协趁此借口办酒宴，酬谢生意上的朋友。司徒协的主桌上坐了一些香港大亨，其中有几个洋人，薇龙坐在他们和司徒协之间，担任翻译。她姑妈倒排在下首第一桌，旁边是吉婕，吉婕身边，很奇怪地坐着他们的新 Aunty，乔诚爵士倒没来。Aunty 替梁太和吉婕斟茶倒酒，态度比先前大方沉着多了。

意大利人用英语交谈，由薇龙译给司徒协。

葛薇龙： 距离罗马几十公里的港口，有一座四世纪的城市奥斯蒂亚，早已经废弃，但残垣断壁里，却还可看见马赛克的地坪，黑白镶嵌。

司徒协： 四世纪的时候，香港大约还是海底的一座礁石，现如今，却是马赛克的大用户。因为气候潮湿，风雨频密，不仅地坪、内外墙壁，都倾向用马赛克贴面。（示意薇龙翻译过去）

薇龙用英语译给对方，对方回答一番。

葛薇龙：（继续转述意国人的话）所以，香港就成马赛克城了！

梁　太： 乔诚爵士怎么不来？

Aunty： 马球俱乐部有比赛。

梁　太： 乔琪乔呢？

Aunty：跟他父亲去看马球了。

梁　太：（笑）他倒跟得紧！

Aunty：不是跟人，是跟口袋里的钱！

吉　婕：（冷眼瞅过去）他是爸爸的儿子！

梁　太：这叫什么？不是冤家不聚头！

司徒协让薇龙端了酒瓶陪他挨桌敬酒，首先来到这一桌。

客　人：这是你的小女儿？

司徒协：我倒是想要，可不知道人家给不给？（一手按在梁太肩上）

司徒协和每位客人碰杯，最后轮到 Aunty，酒杯干了，让薇龙添酒，薇龙举起空酒瓶。

葛薇龙：没酒了！

酒楼外，风雨贴地起来，扫荡而过，一些小食档连根拔起，柴炉倒在水里。路灯一下子全灭，过一会儿又亮起。酒楼前的汽车，被雨点敲打得响成一片。车一辆一辆开走，最后是梁太的车。汽车里，后排座上，依次坐司徒协，梁太，薇龙。薇龙头枕在臂弯里，那两人谈着天。

梁　太：我选那一款樱桃红玻璃砖，单看着好看，红艳艳的透亮，上了墙，不知怎么就有些堵，血洞似的，有些吓人呢！

司徒协：店家为了叫自己的东西好卖，总有些鬼点子，打些灯，架子镀了金银，事实上呢，玻璃砖上墙，泥灰一砌，颜色就返重，哪里有不堵的道理，所以就要挑浅一成的。

梁　太：等你来出主意，去了汕头就不回来，只好自己做主了。

司徒协：你啊，就是性急！

说罢从口袋摸出一只金刚石手镯，三寸来阔，精光烁烁，套上梁太的手腕。

梁　太：（推起薇龙，举着手镯，送到她脸面前）看！

葛薇龙：（不由得）哎呀，这是什么！

梁　太：这是他送给我的。到底谁性急？到不得家就献宝似的献出来！

葛薇龙托着姑妈的手腕，沉暗的车厢里，仿佛一盏灯，把梁太的红指甲都照亮了。不想"克啦"一声，说时迟那时快，司徒协已经探过手给她戴上同样一只金刚石镯子。薇龙吓了一跳，要解开镯子，黑暗中摸不到门榫的机栝，急得她使劲往下抹，想把它硬褪下来。

司徒协：（握住她的手，笑道）薇龙小姐，你不能这样不赏脸。你等等，你等等！我说来由给你听。这东西有一对，我不忍拆散了它，那一只送了你姑妈，这一只不给你给谁？送了你姑妈，将来也是你的，都是一样。你别！你别！你不拿，暂时给姑妈收着也好。

葛薇龙：这样贵重的东西，我不敢收。

梁　太：长辈送你的东西，拿着也不碍事，谢一声就完了。（凑在耳朵边上骂道）说你没见过世面，越发地小家子气起来了！

葛薇龙：（按捺住强笑道）真是谢谢您了，可我还是——

司徒协：不必谢！不必谢！都是自己人。（把她的手摇撼几下，放开了）

汽车上到坡道底下的空地，蜡烛灯已经灭了好几盏，那雨越发下得翻山搅海。汽车夫按着喇叭，用人们撑了伞赶下来，接力似的一个接一个接上去。就这么点时间，也都淋成落汤鸡一般。

薇龙一进门，便向楼上跑，推进卧室，湿淋淋站在地上，阳台的落地窗没拉帘子，看得见对面一片突出的山崖，仿佛是那山岭伸出舌头舔着阳台，植物生长得太快，都有些杀气腾腾，雨倾倒下来，蒙上一层白雾。雨点溅到小阳台的水泥地上，缀着一点灯光，滴溜溜急转。

梁　太：（在楼梯口仰头向上喊）薇龙，洗了脚，换了鞋，下来喝些白兰地，不然仔细伤风。

有留声机的声音传上来。

司徒协：（越过梁太上两级楼梯，两人都有些醉意了）薇龙，喝点儿吧！

薇龙向浴室里一退，打开水龙头，装听不见。睨儿进来了。

睨　儿：少奶和 Uncle 让小姐下去喝酒呢！

薇龙将自己锁在浴室里，水龙头哗哗响，装听不见。睨儿敲敲门，没有回应，退出去了。浴缸里的热水蒸上汽来，薇龙身上贴着湿衣服，垂下的手上套了个金刚石镯子，被身上的颤抖带动，一闪一闪。

葛薇龙：（举起胳膊，环抱着身子，压低声音）乔琪乔，救救我！

第五节

下了几天雨，放晴了。一伙年轻人，其中有薇龙、乔琪乔、周吉婕、吉婕的男朋友、一个英国低阶军官，总七八个，往山上野餐。薇龙故意落在后面，乔琪乔陪她，两人索性在汽车道的边缘坐下，脚悬在空中。往下看过去，在一片空白间，隐隐现出一带山麓，有两三个蓝衣农妇，戴着宝塔顶的宽檐草帽，在那里拣树枝。薇龙穿着白裤子，赤铜色的衬衫，洒着绣绿圆点子，一色的包头，被风吹到脑后,露出留长了的微鬈的前刘海来。这身穿着,配合了如画的风景,边上又有个洋人脸相的乔琪乔,看起来颇不真实,仿佛美国好莱坞电影里的镜头。

葛薇龙:乔琪乔,你从来没有作过未来的打算吗?

乔琪乔:怎么没有?譬如说,我打算来看你,如果今天晚上有月亮的话。

葛薇龙:我是问你更远一点的。

乔琪乔:远一点的,我不想,想也没用,还扫兴。

葛薇龙:为什么?

乔琪乔:譬如说,我父亲死了。

葛薇龙:(变色)谁让你说这个,忤逆不道的!

乔琪乔:总有这一日的,父亲死了,丢下二十来房姨太太,十几个儿子。就连眼前的红人也分不到多少家私,还轮得到我?所以我从来不去想。

葛薇龙:你就不能自己找份事做,自己养活自己?

乔琪乔:我养不活自己。

年轻人上了山顶,云也退到天际线外面,一片晴空,从背囊中抽出毯子,张开来,毯子被风鼓荡成一面帆。

葛薇龙：你说你要来看我，是为什么事情？

乔琪乔：有一句重要的话和你说。

葛薇龙：（笑着，因生出期待，笑得有些紧张）什么话，这么要紧？

乔琪乔：我想知道你关于婚姻的意见！

葛薇龙：（勉强笑着）你的意见呢？

乔琪乔：我是不预备结婚的。

葛薇龙：（极度失望，反而笑起来）这倒是个很好的意见！

乔琪乔：即使我有结婚的能力，我也不配。我在五十岁以前，不能做一个令人满意的丈夫。薇龙，我把这种话开诚布公地向你说，因为你是个好女孩子，你千万别在我身上耽误了！

葛薇龙：你为什么偏偏要对我说这些，又是婚姻，又是耽误，和我有关系吗？

乔琪乔：（笑起来，又无耻，又天真）因为我要给你快乐！我不能答应你结婚，我也不能答应你爱，但是我能答应你快乐！

葛薇龙：好吝啬的人！

乔琪乔：我给你快乐，世上有比这个更难得的东西吗？

葛薇龙：你给我快乐？你折磨我，比谁都厉害！

乔琪乔：我折磨你吗？我折磨你吗？

乔琪乔把手臂紧紧兜住了薇龙，重重地吻她的嘴唇。这时候，太阳忽然出来了，火烫地晒在他们的脸上。乔琪乔移开他的嘴唇，从裤袋里掏出他的黑眼镜戴上了。

乔琪乔：（向薇龙一笑）你看，天晴了！今天晚上会有月亮的！

薇龙抓住了他的外衣的翻领，抬着头，哀恳地注视着他的脸。她竭力地在他的黑眼镜里寻找他的眼睛，可是她只看见眼镜里反映的她自己的影子，缩小的，而且惨白的。她呆瞪瞪地看了半晌，突然低下了头。乔琪乔伸出手去揽她的肩膀，她就把额角抵在他胸前，他觉得她颤抖得厉害，连牙齿也震震作声。

山顶上的年轻人，坐在铺开的毯子上，守着一堆吃喝。

吉　婕：有一个人去逛山回来，带了七八只坛子，里面装满了山上的白云，预备随时放一些出来点缀他的花园，不料想，打开盖，全是空的。

乔琪乔：（柔声地）薇龙，你怕什么？你怕我吗？

葛薇龙：我……我怕的是我自己！我大约是疯了！

乔琪乔：（轻轻地摇着她，无奈怀里的人那么猛烈地发着抖，使他抱不牢她）薇龙，薇龙！

葛薇龙：我可不是疯了！你对我说这些无理的话，我为什么听着？

晚上，薇龙躺在床上，月亮移过窗前，窗纱飘动。

阳台对面的山崖底下，走着一个人影。丛林中潮气未收，又湿又热，虫类唧唧地叫着，再加上蛙声咯咯，整个山洼子像一口大锅，那月亮便是一团蓝莹莹的火，缓缓地煮着它。崎岖的山坡子上，连采樵人也不常来。那人影一步一步试探着走，带一根手杖，走一步，便拨开荒草，用手电筒扫射一下，生怕遇到蛇，又急忙捻灭了它。有一种小草生着小刺，纷纷钉在裤脚上。猫头鹰一声凄厉的呼叫——突然而来，突然地断了，仿佛被叉住喉咙，在那里求救。走路人攀藤附葛，沿着坡向上爬，脚下一滑，赶紧撑住一棵柠檬树，定定神。

薇龙睁眼看着窗户后面的月亮，移到阳台上，明晃晃的。

乔琪乔翻过一扇小铁门，面前一片草坪，前日打网球临时拉起的球网还在那里。走过草坪，到楼下，蹬着墙缝，攀上窗台，往斜里一跃，扒住阳台栏杆。他是个运动素质好的人，这一系列动作十分流利和轻盈。阳台门虚掩着,推开来,房间里满是月光,床上却无人。疑惑地抬起眼睛,沿房间看去,没有人。定下神,脱去外衣,躺上床,将毯子枕头挨个嗅一遍,伸手从床头柜拿起半杯水,薇龙喝剩的,一口一口品着。此时看见阳台门边上,半掩的窗帘后面,地板上坐着薇龙,眼睛在暗处闪亮。两人对视着,乔琪乔将水喝完,放回杯子。薇龙陡地站起来,乔琪乔以为她要跑,欲下床捉她,不料她向他走来,躺到毯子底下。

乔琪乔:你在等我!

葛薇龙:你欺负人!

乔琪乔:我吗?

葛薇龙:你,你们齐打伙欺负人!

乔琪乔:薇龙,你累了,你需要一些快乐。你姑妈是不会在意你的,只有我,我知道!

葛薇龙:(一下子泄气了,放弃抵抗)你知道,你知道什么呀!

乔琪乔:我知道,我就知道!

薇龙的床上,两人厮磨着,渐渐热情起来。

姑妈被蛙鸣吵得不安,辗转反侧,又一声猫头鹰的叫声,似哭似笑,从梦魇中挣醒,开亮床头灯,坐起来,喘息着,不晓得方才做了个什么梦。点一支烟,平静下来。

乔琪乔和薇龙消停下来,乔琪乔赤裸着身子靠在床头,薇龙背着他侧躺。乔琪乔转脸看薇龙,薇龙不动。

乔琪乔:快乐吗?

薇龙不回答,只是吊着他的颈脖,身子都欠了起来。

乔琪乔:(忽有些动情)薇龙,你真是太好了!

葛薇龙:(凑着他耳朵)娶我嘛!

乔琪乔:对不起!

葛薇龙:爱我吧!

乔琪乔:你是我唯一不能撒谎的人!

葛薇龙:唯一就是爱!

乔琪乔:对不起!

葛薇龙:(松开手,颓然躺回去)狗娘养的!

乔琪乔:(亲一下薇龙的脸颊)明晚再来。

薇龙一动不动,任他穿上衣服,通过落地窗,走到阳台,跃步登上阳台栏杆,跨到隔壁窗台,再跨到下一个窗台,纵身一跳,落到地面,走上草坪,循来路走回。隔十来米远,看见那小铁门边,却倚着一个人。乔琪乔吃了一惊。

那人的背影，月光下看得分明，穿着白夏布衫子，黑香云纱大脚裤。因为热，辫子盘在头顶，露出衣领外一截肉唧唧的粉颈。小小的个子，细细的腰，明显的曲线，是睨儿。稍微踌躇一下，便蹑手蹑脚走过去。不知道是过人的灵敏，觉得背后有人，还是早有知觉，睨儿霍地调过身。

乔琪乔：吓了我一跳！

睨　儿：（拍着胸口，半晌说不出话）这话该我说的！魂都给你吓掉了。

乔琪乔伸手触一触睨儿脑后的头发，睨儿闪开。

睨　儿：有话好好说，不许动手动脚！

乔琪乔：我看你辫子扎没扎紧。

睨　儿：扎没扎紧关你何事！

乔琪乔：（在睨儿脑后一抓，顺着背脊，一条大辫子蛇一般溜了下来）你看，没扎紧吧！

睨　儿：（躲闪着）我可不是睇睇！

乔琪乔：你比睇睇好！

乔琪乔搂过睨儿，顺势推进铁门边的木门，里面放着园丁的工具。

木屋外草坪上亮晶晶的，顶着一层露水！

梁太对着窗外吸烟，吐出的烟弥漫开来，呈现一幅幅黑白画面——

丧礼上，亲属席上一片人，她在末尾，吊唁的人到一批，亲属们便起身鞠躬致谢，坐下，再到一批，再起立鞠躬，再坐下。

出殡，扶棺上山，梁太穿一双高跟鞋，脚一歪，后跟别断，落在队尾，没有人回头顾她，只剩一个人一高一低地走，索性脱去鞋，扭头回去了。

小白楼里，从钢琴上撤掉梁先生的合影，衣橱里清除梁先生的衣物，还有烟斗、拐杖、眼镜等等男用的物件，装在藤箱里，抬出去，交给门口募捐的修女。

卧室外间的茶桌上，布置了两人用的下午茶，却没有人来。睨儿收拾着。

睨　儿： 从前我们爷在世，老老少少，成天电话不断，鬼鬼祟祟地想尽办法，给少奶找麻烦，害我们底下人心惊肉跳，如今少奶的朋友都是过了明路的，反而一个个拿班作势起来！

梁　太： 有什么难懂的？贼骨头脾气罢了！必得偷偷摸摸，才有意思！

睨　儿：少奶再找个合适的人嫁了，不怕他们不眼红！

梁　太：呸！又讲呆话了，我告诉你——

楼下客厅里的布谷鸟钟，响了三下，鸟又跳回小木屋。

烟雾散去，烟头在烟缸里摁灭，梁太转身回到床上。

薇龙揭被起来，下床走出落地窗，站在小阳台上，轻轻吹一声口哨，房里跑出一只白狮子狗，抱起它在怀里。

月亮在西天变得很淡，一弯，天上还有许多星星，仿佛远去了，退进天幕深处。晨曦微明，四下里都白了一层。从阳台望过去，铁门边园丁的木屋的门开了，走出一个人。

葛薇龙：（抱着狗，伸出一个手指点着那人影，凑着狗耳朵小声地）

你看那是谁？你看那是谁？

狗"汪汪"地叫着。木屋里又走出一个人，一边走一边盘头发。霎那间，天色又亮白一层，两人的身形清晰起来，听见狗叫，抬头望见薇龙，对个正着。薇龙的一只手，本来托着小狗的下颏，猛然指头上一使劲，那狗喉咙管透不过气来，拼命一挣，跑出屋，一路尖叫，跑过走廊，上下楼梯，进了梁太的卧室，跳上床，梁太睡着了，动一动身子，继续睡。

天光大亮，楼里面有了走动，面包房上门送面包，牛奶棚送牛奶，厨房里开火熬汤粥，厨子忙着切肠子，煎鸡蛋，准备早餐。园丁拉出水管子浇园子，小丫头给瓶里的花换水，鱼缸里打氧气。洗衣房老妈子集起一筐换下的衣服，浸的浸，洗的洗。

梁太蒙眬中听见叫声和脚步声，楼里某一处起着骚动。披上件梳妆衣开门叫人，一个小丫头莽莽撞撞跑过来，被喝住，丫头往一个方向指着。

梁太将梳妆衣腰带系紧了，跟着小丫头走去。

薇龙的浴室里，小手绢贴满一墙，苹果绿，琥珀色，烟蓝，桃红，竹青，一方块一方块的，有整整齐齐的，也有歪歪斜斜的，睨儿蹲在地上洗东西，薇龙从脸盆里捞出一条湿淋淋的大毛巾，迎面打了过去，唰地一声，睨儿的脸上着了一下，溅一身的水。睨儿偏过头去，抬手挡着，手上又着一下。薇龙两只手捏紧了毛巾，只管没头没脑地乱打，睨儿只顾躲闪，也不还手。

小丫头：少奶都不动我们一根手指头，她算哪家的主子？

小丫头：睨儿姐姐，你平时也是不肯让人的人，今天你是怎么了！

睨　儿：（叹口气）由她去吧！她也够可怜的！

话没落音，又挨了一下狠的。两人身上都是水，地上墙上也是水。梁太进来了。

梁　太：（喝道）这是怎么回事！

薇龙转身避进房间，关上门。

小丫头：一大早，睨儿姐姐正洗手绢，小姐嫌吵了她的觉，就生起气来。

梁　太：（对小丫头）走开！（指着睨儿）你跟我来！

睨儿一身水站起身，手臂、脸上、颈脖，都是横七竖八的红道子。

梁　太：（嫌恶地）先去换件干净衣服。（看一眼薇龙紧闭的门，走开了）

薇龙在房间里，浑身抖索，端起水喝，喝不到嘴里，全洒在外面；脱去湿衣服，拉开橱门，一橱的姹紫嫣红，让她生气，橱门关上；想躺下来，床上有乔琪乔躺过的印子，奋力将床单全扯了去，枕套也卸了，最后，一个人挨着床沿滑到地上，抱膝坐着。

梁太卧室里面的化妆间，坐在化妆凳上，面前站着睨儿，先是低头，欲跪下，梁太不耐地一挥手，又站住了。

睨　儿：少奶，你只管骂我，打我，千万别让我走！

梁　太：真是怪了，这姓乔的也不知是什么了不得的人，你也要，

69

我也要!

睨　儿：我做了糊涂事，必要受罚的，我一辈子替少奶做牛做马，要不相信，今天我就去自梳，发誓不嫁人!

梁　太：你触犯的不是我，是小姐，所以，你走还是留，小姐说了才算数。

睨　儿：小姐是投奔少奶的，一衣一食全由少奶供，终究还是少奶做主!

梁　太：你不要看她穷，就不放她在眼睛里，我是当她自家人一般的!

睨　儿：这么说，我就没有活路了。(绝望地)

梁太一挥手，睨儿只得退下去。梁太手里本来握着的一柄檀香扇，一下子撕作两半。

小丫头端了早餐盘，敲薇龙的门，薇龙不开。

餐盘里换了午餐，还是从薇龙门口离开。

老妈子托了洗净熨平的衣服，敲门，门也不开。

梁太着人取了备用钥匙，开了门，进来。床上的铺盖翻江倒海一般，仔细看，才看见床里边的墙角地上坐了一个人。拉一把椅子坐下了。

梁　太：薇龙，你怎么对得起我？

葛薇龙：（无语）

梁　太：你叫我在你爸爸面上怎么交代过去？照说，你住在我这儿，你的行动，我得负责。

葛薇龙：对不起，姑妈。

梁　太：就怪我太相信你了，疏忽了一点，就出了乱子。咳！你这可坑坏我了！

葛薇龙：我做错了事，不能连累了姑妈。我这就回上海去，往后若有什么闲言闲语，在爹妈的跟前，天大的罪名，我自己担下，绝不至于发生误会，牵连到姑妈身上。

梁　太：你打算回去，这个时候却不是回去的时候。我并不是阻拦你回家。依我意思，恨不得双手把你交还了你爸爸，好卸了我的责任，也少担一份心。可是你知道世上的嘴多么坏，指不定你还没到家，风里言，风里语，倒已经吹到你爸爸耳朵里去了。他那暴躁脾气，你是晓得的。

葛薇龙：我自己作下的孽，只有自己担。

梁　太：怪来怪去，都怪你今天当着丫头们使性子，也不给你自个儿留一些余地！这么大的人了，还是一味小孩子脾气，不顾脸面，将来怎样做人呢？

葛薇龙：姑妈要原谅我，我年纪小，脱不了毛躁的脾气。等我到了姑妈的岁数，也许我会斯斯文文地谈恋爱。

梁　太：（冷笑）等你到我的岁数，你有谈恋爱的机会，才怪呢！

葛薇龙：姑妈可不是有许多崇拜者。

梁　太：我若不是环境好，保养得当心，我早就老了。你看普通中等以下人家的女人，一过三四十岁，都变了老太太。你把你的前途毁了，将来你不但嫁不到上等阶级的人，简直不知要弄到什么田地！

葛薇龙：我管不了那么远了，反正我是要回去的，我今生今世再也不要看见香港了。

梁　太：我随你！（起身向外走，又回头）睨儿怎么办？

葛薇龙：姑妈的人，我没权利。

梁太开门出去，薇龙从地上爬起来，仿佛有了主意似的，双手拢起鬓发，缓缓朝后推去。

第六节

一辆车上坡，停在石阶底下，车门开了，走出司徒协。早有仆人等着，向汽车夫接了行李。

梁太走下楼梯，在前厅迎住司徒协，帮他脱下外套挂在衣帽架。

司徒协：（拍拍梁太的脸颊）乖不乖？

梁　太：不乖。

司徒协：（头向楼上一扬）那一个呢？

梁　太：乖，乖得没命了！

小饭厅里，圆桌上布了饭菜，司徒协吃饭，梁太陪坐一边，替他添汤盛饭。

薇龙房里，坐在地上啃甘蔗。狠狠地下嘴，再狠狠一撕，嚼烂了，吐出渣。

小饭厅里，梁太显然把薇龙与乔琪乔的事说给司徒协听了，司徒协气色越来越不好，"啪"地放下筷子，梁太一惊。

司徒协：看个人都看不住！

梁　太：噫，你发什么火，你的人还是我的人？

司徒协：（欲说什么又吞回去，拾起筷子继续吃饭）

薇龙拉开衣橱，衣橱是嵌在墙壁中，里面安着一排一排强烈的电灯泡，照耀着，把衣服烘干了，防止发霉。从底下抽出一具小皮箱，当年住进姑妈家携来的，打开盖，面上就是司徒协硬套在她手腕上的镯子，熠熠发光，抬手拨到一边，取出一身学生服，也是当年来时，被讽为"赛金花"的那一身，在身上比了比，有点疑惑似的，想不出当年怎么会穿在身上，丢在了一边。

次日早晨，底下的门铃响，小丫头去开门，司徒协已经走到前面，门口站着卢兆麟，两人都有些意外。

司徒协：（颇不客气地）找谁？

卢兆麟：（迟疑一下）葛薇龙。

司徒协：（抬手将他的肩膀一推）葛薇龙是你找的吗？葛薇龙是你找的吗？

梁　太：（从楼上赶下来，解围道）薇龙受了风，发热了，正打电话请医师呢！

一边说，一边将卢兆麟引出门。

两人走在回廊上。

卢兆麟：（揉着被推疼的肩膀）他是谁，这么凶做什么？

梁　太：昨天大半夜才回来，吵了他的觉，自然火大，别同他计较!(帮他揉肩)好了,好了,不疼了!

卢兆麟:(情绪平复下来)我们几个同学去高尔夫球场玩,我答应借一辆车!

梁　太:一句话的事!

司徒协上楼,葛薇龙下楼,薇龙头上戴一顶村妇用的宝塔式的宽檐草帽,看不清她的脸。

司徒协:你去哪里?

薇龙不答话,径直走出门厅。

卢兆麟开着梁太的车,走在坡道,后视镜里看见一个人,又像薇龙,又不像,正了正后视镜,那人不见了。

薇龙搭上轮渡,挤在乡下人的箩筐扁担中间;再上一辆大巴,因是去往船码头的,脚边都是包袱行李;通往码头的街市都是食档,走过去,好容易找到票房,票房却关闭窗口,挂了告示:近日有台风,船停开。

梁太在打电话。

梁　太：薇龙哭哭啼啼，要回上海去了，她父母如何肯罢休，上海方面自然要找律师来和你说话，这事可就闹大了！你老子一生气，管叫你吃不了兜着走。因为薇龙是在我这里认识你的，说出去，连我面子上也不好看……

薇龙站在码头，一阵风卷起来，帽子掀起来，打着旋不见了，人也几乎被连根拔起，推着向左走几步，又向右走几步。

梁太放下电话，坐到交椅上，另一把交椅上坐着司徒协。

梁　太：他倒是很舒坦，真就俗话说的——皇帝不急，急煞了太监！

司徒协沉着脸，不说话。

梁　太：这乔琪乔就好像我命宫中的魔星，几次三番兴出事情来，我管不了他了！

司徒协：（阴冷的口气）你不替他收场谁替他收场？

薇龙走在回廊里，迎面走来睨儿，赶紧让开，贴墙根站着，薇龙目不斜视地走过去，上楼，进房间。睨儿转身快步走去报告梁太。

睨　儿：小姐回来了!

梁　太：知道了!（停一停）让她洗了澡换身衣服，下来吃饭，Uncle 来了。（回头对司徒协）看看你的面子大不大!

西餐桌，司徒协坐上首，梁太和薇龙各坐一边，中间的枝形烛台挡着彼此的视线。晚餐吃到尾声，用甜品了。

梁　太：去抽雪茄吧，让我们姑侄俩说几句体己话。

司徒协离了席。

梁　太：买到船票了?

葛薇龙：挂风球，停船了，还要在姑妈家叨扰几日。

梁　太：一家人不说两家话，要我看，那是人不留人天留人!

葛薇龙：天是在罚我，罚我不该来香港的。

梁　太：那就是怪我了，怪我不该留你。

葛薇龙：是我不争气，辜负了姑妈。

梁　太：你真要争回这口气来，你得收服乔琪乔，等他死心塌地了，那时候，你丢掉他也好，留着他解闷儿也好——那才是本领呢!你这么一跑，太便宜他了。

葛薇龙：（微微一笑）姑妈，我和乔琪，早完了。

梁　太：那是因为你对他的态度，根本从起头就不对。你太直爽了。他拿住你心里只有他一个人，所以他敢那么随随便便的，不把你当桩事看待。你应当匀出些时候来，跟别人亲近亲近，使他心里老是疑疑惑惑的，他不稀罕你，稀罕你的人多着呢！

隔壁小客厅里，司徒协抽着雪茄，很笃定的样子。

葛薇龙：谢谢姑妈，你给我打算得那么周到，但是我还是想回去。
梁　太：又来了！你动不动就说回上海，仿佛回家去就解决了一切似的。问题不是那么简单。我随你啊——你有你的自由！
葛薇龙：对不起，姑妈！
梁　太：你主意打定了？
葛薇龙：（低下头）是的。
梁　太：（站起来，绕过桌子，走到薇龙跟前，端起她的下巴，看着她的眼睛）你来的时候是一个人。你现在又是一个人。你变了，你的家也得跟着变。要想回到原先的环境里，只怕回不去了。
葛薇龙：我知道我变了。从前的我，我就不大喜欢；现在的我，我更不喜欢，我回去，愿意做一个新的人。

梁太沉默一会儿，弯下腰来，郑重地在薇龙额角上吻了一下，走出去了。她这充满天主教的戏剧化气氛的举动，似乎没有给予薇龙什么影响。薇龙坐着不动，然后拿起一柄西餐刀，在葡萄酒杯上敲一下：当——

夜里，狂风大作，树丛乱摇，海水一层层拍着岸，山路上，不时地有塌方，土石滚滚落下。

薇龙背着阳台睡在床上。阳台上出现一个人影，敲着玻璃落地窗。落地窗从里面锁死了，嘴贴在玻璃上，头发淋得精湿，脸歪扭了，但仍然认得出是乔琪乔。薇龙用被角堵着嘴，眼泪淌了一枕头。雨扫到阳台里，乔琪乔的表情十分急躁，是被情欲逼迫的，又是让这拒绝激怒，近乎发狂。

雨下得更猛了，乔琪乔登上阳台栏杆，打算像前次那样沿来路回去，但雨下得太大，试着推阳台旁边一扇窗户，窗户竟然开了，便爬进去，翻过窗台，跳到地上，正是薇龙打盹儿的那间浴室，墙上还贴着小手帕。黑暗中镜子的反光照了一点亮，他凑到镜子跟前，理理头发和衣服，从毛巾架拖了一条浴巾，是薇龙的，送到鼻子底下嗅嗅，然后擦拭头上身上的水，脸色平静下来，又恢复往日里漫不经心的表情。推开门，却怔住了，门前站着梁太。

梁太卧室外进的起居室里。

梁　太：你当我这里是长三堂子？想来就来，想走就走。

乔琪乔：（嬉皮笑脸地）哪能啊，梁府是香港头一处深宅大院，小姐是千金！

梁　太：你打算拿这"千金"怎么办？

乔琪乔：（依然笑嘻嘻地）我虽然不是中国通，对于中国人这一方面的思想习惯倒下过一些研究。薇龙的家庭如果找我说话，无非逼着我娶她罢了！他们绝不愿意张扬出去的。

梁　太：（盯他一眼）娶她！你肯娶她吗？

乔琪乔：你别说，薇龙有薇龙的好处。

梁　太：你老老实实答一句吧，你能不能够同她结婚。

乔琪乔：你这不是明知故问吗？——我没有婚姻自主权。我没有钱，又享惯了福，天生的是个招驸马的材料。

梁　太：（指尖戳了他一下）想得美，哪一朝的皇上要你！

乔琪乔：所以，我还是不结婚的好！

　　梁太佯作打他。

　　薇龙从床上向阳台门转身看，门外没有人，雨下得白蒙蒙。下床走到跟前,隔了玻璃看,仿佛要证实究竟有没有人。没有人,似放松下来,又有些失望。背了阳台站一会儿,走到衣橱前,拉开衣橱,里面的电灯泡一下子晃了眼,抬手摘一下,放下来,摘出一件,又摘出一件,索性全部抱出来。

对着镜子,化妆,梳头,再一件一件试穿衣服,让人想起刚来的那一日,裁缝给她试衣服。试一件,脱下来,丢在地上;又试一件,又脱下来,丢在地上,眼看着地上的衣服堆起来,就像一场告别会。最后一件也穿过,脱下,对了镜子卸妆,擦去脸上的脂粉,又是一张素脸。

第七节

台风过去,气候变得肃爽,薇龙穿着"赛金花"式的学生服,提着手提箱,走下坡道。天快晚了,风沙拉沙拉吹着矮竹子,很有些寒意。竹子外面的海,海外面的天,都已经灰的灰,黄的黄,只有丈来高的象牙红树,在暮色苍茫中,一路高高下下开着碗口大的红花。

薇龙正走着,背后开来一辆汽车,开到她跟前就停下来了,是乔琪乔的车。两人隔了车窗,一里一外看了一会儿,薇龙继续向前走。车缓缓地跟着。薇龙提了箱子，停下来换换手，那车就停下来，摇下车窗，薇龙以为他有话要说，就看向车里，不料他一句话也没有，把一只手臂横搁在轮盘上，人就伏在轮盘，一动不动。薇龙继续向前走，乔琪乔这一次不再跟上来，薇龙回头望一眼，他的车依旧停在那里。

梁宅的楼梯上，司徒协提着行李，表情愠怒，走下楼梯，梁太跟在身后——

梁　太：你去哪里？

司徒协：回汕头！

梁　太：（从衣帽架上取下外套替他穿，被一把夺过去）什么时候
　　　　回来？

司徒协：不定期！

走出门，印度汽车夫来不及地迎上去，接过行李。

梁太耸耸肩，似讥讽又似无奈。

码头上，全是负了行李的人，冲来撞去，远远可见，轮船下面跳板上，挤挤的人头，争先恐后。有人撞了薇龙，还没反应过来，那人回头却骂她——

路　人：鸡有鸡路，狗有狗道，站哪里呢！

葛薇龙：（愤然回击）你站哪里？鸡路还是狗道——

忽一惊，低头一看，一个小孩冲着她脚下撒尿，欲站开，却被人群挟裹，打着漩儿到检票口，又打着漩儿离开。终于挣扎到稍安静的一处入口，拿出船票。

检票员：小姐，这是头等舱专用通道，三等在那头——

顺指点看过去，那一头打架般的，一堆人挤着，都看不见检票的。吸一口气，鼓起信心，加入进去。人进到里面，箱子落在外面，一使劲，把手断了，"砰"地落在地上。于是挤出来，收拾箱子，从旁伸过来爪子一般的手，抓起一件衣物，回头看，一个老太婆，狰狞地笑着，双手作揖，闪电般地，又从箱子里抽走一件。薇龙合起箱子，夹了老太婆的手，遭来恶毒的咒骂。

薇龙抱着箱子，走出码头，到堤岸上，将箱子远远一抛，抛到堤岸下。

乔琪乔的车子行驶在拥挤的街市，路人纷纷闪开，一架水果摊子撞翻了，警察吹着哨子，车子早开远了。

轮船鸣着汽笛慢慢离岸，到海湾中央，慢慢转头，向宽阔的海面驶去。

薇龙空手走在路上,路边多是麻雀馆,哗啦啦的洗牌声直传到马路上。薇龙推开一扇门,走进去。

堂　倌：找你爸爸吗?

葛薇龙不答话,直向里面去,见有一张桌上三缺一,拉出椅子就坐下。那三个人狐疑地看她,不知道什么意思。她伸手洗牌,那三个方才犹犹豫豫地摸起牌来。

麻雀馆里都是男人,唯有她一个女性,还是极年轻的,可是大家都埋头在牌局里,并不注意,有人送筹码过来,她从钱包里掏出几张钞票买了一堆。和她同桌的两个是职员的穿着,干净的衬衫,头发梳成分式,其中一个还戴了眼镜,第三个则是一身香云纱,猛一看像是黑道,其实只是个小生意人,时不时地抬起眼睛窥视薇龙。

乔琪乔的车冲进一家妓院,"流莺"四窜,车从后门冲出,警车呼啸而来。乔琪乔的车疾驶而去,上了山道。

乔宅的草坪上,一条蟒蛇四下里来回游走。管家指挥几个穿白制服的男仆人，举着捕鱼或者捕蝶的网子，围追堵截，终于逮住，罩在网里。楼上窗户推开，乔诚爵士站在窗后。

乔　诚：哪里来的？

管　家：是乔琪少爷养着的，不知怎么跑出来了！

乔琪乔下了车，朝这边飞跑。

乔　诚：放了它。

几个男仆人收起网子，抬起来，向草坪边缘走去。

乔琪乔奔过来，扑向蟒蛇，蟒蛇竟安静下来。

乔琪乔：还给我！

男仆人为难地抬头看窗户里的乔诚爵士。

乔　诚：放了它！

乔琪乔：（抬头向楼上窗户，哀求地）Daddy，不要——

乔诚爵士"砰"地关上窗户。

仆人们抬着网里的蟒蛇走下草坪，出去院门，乔琪乔跟了几步，忽放声叫起来——

乔琪乔：妈，不要！妈妈呀！

收住脚步，站在草坪上，哭泣起来。

葛薇龙的筹码堆得越来越高，麻将馆的哗哗洗牌声里藏着一种紧张的寂静，每个人的注意力都在自己的牌上。

薇龙面前的筹码又低下去，最后几枚也付出去了，送茶的堂倌安慰道——

堂　倌：情场得意，赌场失意，小姐大喜！

小白楼黑着灯，唯底下小客厅，就是那间书房里亮着一盏水绿小台灯，梁太坐在旁边的金丝交椅上，正搽完蔻丹，尖尖的翘着两只手，等它干。两只雪白的手，仿佛才上过拶子，夹破了指尖，血滴滴的。

薇龙走进来，脸不向着姑妈，离着老远，在一张金漆椅子上坐下了。两人沉默一时。

葛薇龙：（缓缓地）姑妈，乔琪不结婚，一大半是因为经济的关系吗？

梁　太：他并不是没有钱娶亲。乔家再不济，也不会养不活一房媳妇。就是乔琪有这心高气傲的毛病，总愿意两口子在外面过舒服一些，而且还有一层，乔家的家庭组织太复杂，他家的媳妇岂是好做的？若是新娘子自己有些钱，也可以少受些气，少看许多怪嘴脸。

葛薇龙：那么，他打算娶个妆奁丰厚的小姐。

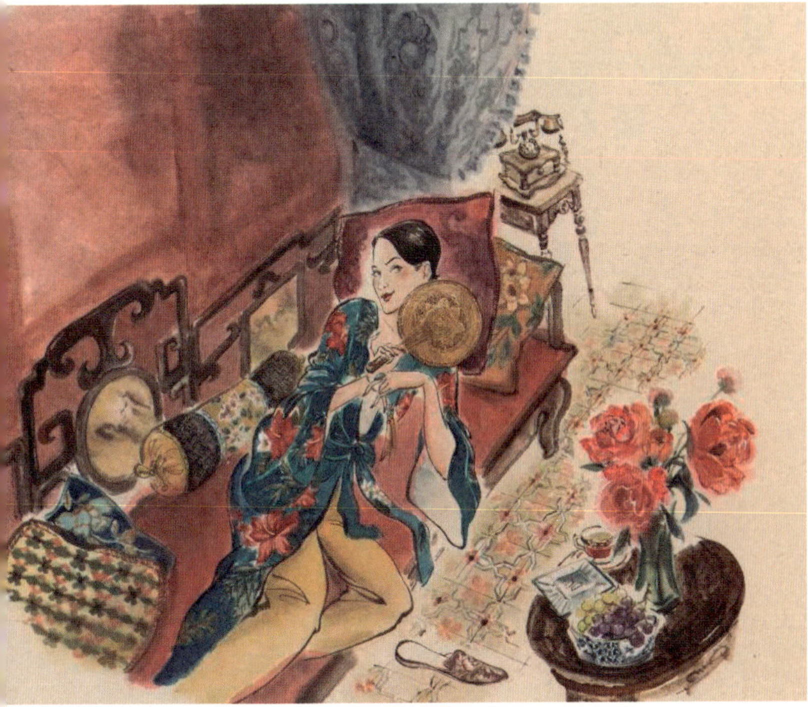

梁　太：他倒是想，比如玛琳赵，也追过，结果如何？人家上英国读书去了！

葛薇龙：我没有钱，但是……我可以赚钱！

梁　太：（眼睛从手指尖上移开，看向薇龙）赚钱！

葛薇龙：我不像你，用死人的钱，我用自己的钱！

梁　太：（哈哈大笑，笑得眼泪都要出来）死人的钱？你倒去用用看！你父亲死了，能给你留多少钱？

葛薇龙：我和我爸爸没关系。

梁　太：自然啦，你早知道你爸爸是个穷鬼，才找到我门上，和我一起用死人的钱！

葛薇龙：我要趁我年轻——

梁　太：（厉声打断）谁没有年轻过，年轻是多大的本钱？出水才看两脚泥！你年轻，乔琪乔还是甩你！

葛薇龙：（被触到痛处，跳起来）甩也是年轻时候甩得起，不像姑妈你，错过时辰，永远不能填满心里的饥荒！永远不会谈恋爱，在我们的眼光中看来，你求爱的方法可笑得很！

梁　太：（反倒平静下来，也站起来向薇龙走过去）你没有把话全说出来，我何止可笑，还不规矩，我就知道外面的闲话有多少。闲话有什么？这一类的闲话，说得人越多，越热闹，你的名望只有更高，对于你的未来，并没有什么妨碍。唯有一桩事是最该忌讳的。

葛薇龙：（开始为自己的出言莽撞后怕，向后退去）哪一桩事？

梁　太：那就是，你爱人家而人家不爱你。像你，知道内情的人，说你是孩子脾气，想到哪里做到哪里。给外面嘴头子刻毒的人说起来，说你为了乔琪同一个底下人怄气。这该多么难听！

葛薇龙彻底被打败了，蜷缩在椅子里。

梁　太：一个女人，顶要紧的是名誉。我所谓的名誉和道学家所谓的名誉，又有些分别，道学家讲的是"贞节"，我讲的是，用你们年轻人的话说，就是"爱"！

梁太回到自己的椅子上坐下，又恢复了镇静。

梁　太：说说看，你怎么赚钱？

葛薇龙：怎么见得我不能赚钱？我并没有向 Uncle 开口要什么，他就给了我那只镯子！

梁　太：（咯咯地笑将起来，一面笑，一面把一只血滴滴的食指点住了薇龙）瞧你这孩子！这会子记起 Uncle 来了！当时人家一片好意，你那么乱推乱搡的，仿佛金刚钻要咬手似的，要不是我做好做歹，差一些得罪了人。现在你且试试看开口问他要东西去,他准不知道送你糖好还是玫瑰花好——只怕小姐又嫌礼太重了,不敢收!

葛薇龙:(低头坐在暗处,只是不言语)

梁　太:你别以为一个人长得有几分姿色,会讲两句场面上的话,又会唱几句英文歌,就有人情情愿愿地大把地送你钱花。我同你是自家人,说句不客气的话,你这个人呀,脸又嫩,心又软,脾气又大,又没有决断,而且一来就动了真感情,根本不是这一流的人才。

葛薇龙:(微微叹了口气)你让我慢慢地学呀!

梁　太:你该学的地方就多了!

葛薇龙:有一件事,还要请姑妈帮我。

梁　太:到这一步,我当然不能半路撒手,说吧!

葛薇龙:请姑妈向乔琪乔父亲提亲,我必须明媒正娶。

梁　太:(又怔一下,多少有些刮目相看的意思)哦? 先还要乔琪乔自己同意吧!

葛薇龙:(抬起头,眼睛里发出光芒)终有一天,乔琪乔会需我的!

梁　太:试试也好。

葛薇龙:谢谢姑妈!(起身欲离开)

梁　太:睨儿怎么办?

葛薇龙：让她留下。（走了出去）

次日早上，梁太的车开下坡路，穿过山道、街市，再上山，到乔诚爵士的大宅门口。

乔诚爵士显然在等她，迎进门里，两人走过长廊。梁太伫步在廊里的照片前，就是我们之前看见过的，乔琪乔小时候那帧照片前——

梁　太：谁想得到，小可爱会长成个讨嫌鬼！

乔　诚：（感慨地）本来这里还会多一个，甚至几个小可爱，纯种的。

梁　太：做梦！

乔　诚：一宵春梦，几何长久！怪就怪你家那个，实在是死得太晚了！

梁　太：你死得太晚！

乔诚爵士的英国式书房，闭着门，乔琪乔在走廊上忽出忽没，表情焦灼，感觉到决定自己命运的事情在发生。书房里——

乔　诚：这个杂种！

梁　太：自己下的种，再苦的果子自己咽！

乔　诚：送给你，由你发落，给你做小厮，做杂役，做汽车夫，只求不要让我看见他！

梁　太：做我侄女婿呢？

乔　诚：（意外地，怔住了）你那侄女儿？我见过，干干净净一个女孩儿，别糟蹋人家了！

梁　太：你觉得是糟蹋，人家倒当个宝，那孩子铁了心地要跟他，还表明心迹养他！

乔　诚：你舍得吗？我都于心不忍。

梁　太：不论怎么说，在咱们自己家眼面前，比放到外面去，让外人欺负强些。

乔　诚：自己人就不欺负自己人了？

梁　太：（变色道）谁欺负谁？

乔　诚：当然当然，有你罩着，谁也欺负不成谁！

梁　太：姑娘说了，要明媒正娶。

乔　诚：明媒正娶就明媒正娶，不就是一份聘礼，她那头还有妆奁过来呢！

梁　太：老狐狸！

乔　诚：我们都老了。

司徒协陪薇龙买东西，薇龙带了一种发泄的情绪，拣了一段又一段衣料，一双又一双鞋，一个又一个包，软缎绣花睡衣，相配的绣花浴衣，织锦的丝绵浴袍，金织锦拖鞋，金珐琅粉镜，法国香水，美国丝袜，她要什么，司徒协就在后面付账。

乔诚爵士将梁太送上车，车开出院门，前面出现乔琪乔，拦住去路，拉开车门，强行挤进去，扑倒在梁太身上，几乎扼住她的颈脖。

乔琪乔：你们要把我怎么办？

梁　太：结婚。

乔琪乔：（浑身打着战）不行，我结不了这个婚！

梁　太：为什么，薇龙配不上你？

乔琪乔：我配不上薇龙，我管不住我自己！

梁　太：薇龙会管住你！

乔琪乔：她也管不住！

梁　太：（将他从身上撕下来，推到旁边）我说你将就一点吧！你要娶一个阔小姐？你的眼界高，差一些的门户，你看不上眼。真是几千万家财的人家出身的女孩子，骄纵惯了的，哪里会像薇龙这么好说话？处处地方你不免受了拘束。你要钱的目的原是玩，玩得不痛快，要钱做什么？

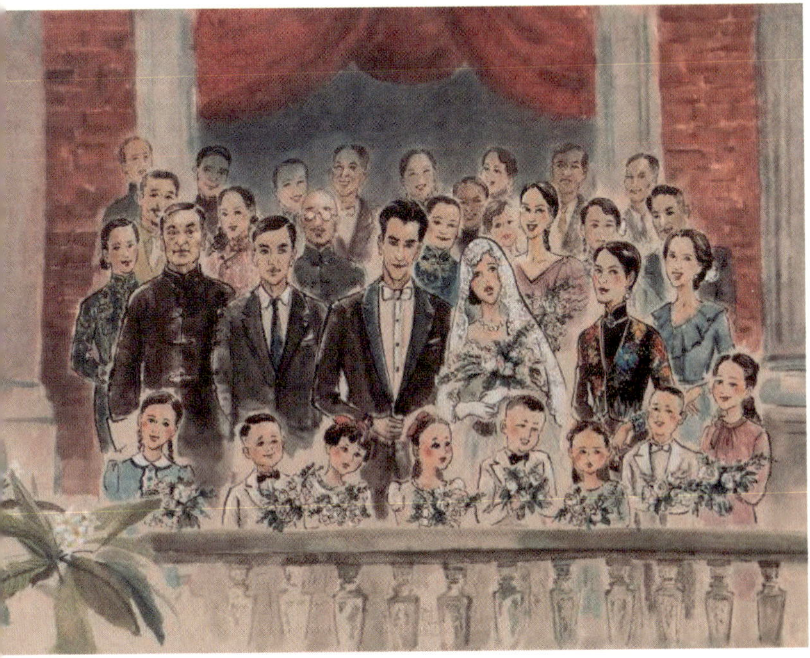

司徒协与薇龙在"半岛"法国餐厅吃生蚝。薇龙不会开蚝,司徒协把着手教她握刀,一股子汁水射到司徒协脸上,薇龙笑了,这是打从事态发生以来,她第一次笑。

梁太的汽车里——

梁　太:当然,过个七八年,薇龙的收入想必大为减色。等她不能挣钱养家了,你尽可以离婚。在英国的法律上,离婚是相当困难的,唯一合法的理由是犯奸。你要抓到对方犯奸的证据,那还不容易?

乔琪乔:(害怕地)不行,我不行!

梁　太:现在,行,也要行;不行,也要行!

司徒协的车里,薇龙醉了,头滚到司徒协肩上,勉强撑住,再滚下来,又撑住,最后,到底滚进司徒协怀里了。

第八节

圣诞前夜,教堂举行大弥撒,唱诗班演唱,神父布道时候,卢兆麟和葛薇龙说话。

卢兆麟：下年你就要中学毕业，回不回上海？

葛薇龙：不回。

卢兆麟：南英中学的文凭在上海很好找事的，是准备考大学吗？

葛薇龙：我结婚。

卢兆麟：（心里一动，表面则撑持着）和谁？

葛薇龙：乔琪。

卢兆麟：（默一时）我要去加拿大读学位。

葛薇龙：我姑妈送你去的吧！

卢兆麟：你知道，我们家是出不了这份钱的。

葛薇龙：（默一时）乔琪乔请你做他的伴郎。

风琴声响起，唱诗班起立，歌声响起了。

《南华日报》上，一则乔琪乔和葛薇龙的结婚启事。

梁太差使人将薇龙住的卧室与左右两间房间打通，一张双人床搬进去。

饭桌上，梁太和薇龙两人吃饭。

梁　太：上海那边怎么说？

葛薇龙：我写信给他们。

梁　太：你母亲是个通情达理的人，你父亲怕要打到我门上来了！

葛薇龙：姑妈，你放心，传说又要打仗，他们不会来的。

梁　太：这样也好。

房间里，就是乔琪乔的那间卧房，吉婕和睨儿帮薇龙穿婚纱。填进这些人和物，原先的凄清驱散了。薇龙坐在乔琪乔母亲的梳妆台前，对着镜子里新娘装扮的自己，忽然"扑哧"一笑。

睨　儿：（替她整理头纱，一惊）你笑什么？

葛薇龙：睨儿，你还记得吗？睇睇走的时候，说过一句话——"一家人亲亲热热地过活吧，肥水不落外人田"？

睨　儿：（心有所动，但作听不懂）睇睇的那张嘴，吐不出象牙。

吉　婕：（是真听不懂）你们这些中国人！

乔家大宅门前，新人拍照，吉婕和卢兆麟各站一边，周围一群花童，都是乔家的子孙。

梁太的眼睛里，那花团锦簇的一幕忽变成黑白两色，也是一座大宅子，中国式的厅堂，迎门长案上是祖宗牌位，左首正襟危坐老太太——其实是梁家的正房太太，依次是二、三、四太太。一个年轻女人的背影,手里托一具茶盘,向大太太奉茶,大太太不接,只是上下打量,她跪下去,将茶盘托到头顶,大太太方才接过去。然后起身,向二太太奉茶,也要跪下去,被二太太扶住。再是三太太,接过茶泼在地上。四太太则不接,欲下跪又不甘心,僵持一会,回头向后面人求救,这时候,我们看见,这女人就是梁太,年轻的梁太的眼睛直逼过来,仿佛是与如今的梁太对视。

照相机"啪"地按下快门,一张全家福。

照片挂上乔家走廊的墙,成为满壁相片中的一张。

去往澳门的快船。司徒协租的快船,船上只是亲友,但亲生亲,友生友,络络绎绎,也满满当当。甲板上摆一张长条桌,故事中的所有人都在场,各色洋酒和中国酒,香槟打开,泡沫四溅。铁板架在桌边,"吱吱"地煎着牛排、肉肠、熏肉、鸡蛋、鱼虾。冰淇淋装在木桶里,由一名葡萄牙人专管,小孩子排着队。有小划子从快船边聚拢,土著男女唱着祝福的广东歌,快船上的人将钱戈子抛过去。又有船家兜售新出炉的鸡仔饼、蛋挞、肉脯、花生酥、杏仁饼,钱戈子又抛过去一把。乔琪乔和薇龙都兴奋着,乔琪乔一直拥着薇龙,在她耳边说着什么,她则一个劲笑,从未有过地开心,又仿佛是一种末世狂欢的意思。

乔琪乔：你喜欢上海还是喜欢香港？

葛薇龙：风景自然香港的好。香港有名的是它的海岸，如果我会游泳，大约我会更喜欢香港的。

乔琪乔：慢慢地我教你！（张开双臂，扶住薇龙的手，做划水状）一，二，三……

触到薇龙的痒处，薇龙收拢手臂，笑起来。乔琪乔本是无意，此时便存心了，上下胳肢她，薇龙缩起身子躲避。

梁太隔着桌子示意他们起来敬酒，于是两人站起来，沿了桌边摇摇晃晃挨个向长辈敬酒。敬到乔诚爵士跟前，乔诚爵士掏出一只白金嵌钻手表给薇龙，见梁太看他，又摸出一只给梁太，边上的 Aunty 装看不见。敬到司徒协跟前，司徒协借了酒意拍拍乔琪乔脸颊，貌似亲昵，下手却很重，乔琪乔一个趔趄，薇龙扶住了。

乔　诚：（看着这一对，似乎对儿子的嫌恶也好些了）糊涂人有糊涂福！

吉婕起身跳上桌子，跳起舞来，俄罗斯手风琴手拉着快板的旋律，大家一起随节奏拍手。前后左右大小船只，都看着这边，海天一色中绚烂的一个斑点，子弹似的穿刺过去。

乔琪乔忽站起来，反身向相邻的一艘客船挥手，有一列女郎凭栏站立,也回应地招手,乔琪乔又抓起长桌上瓶里一束花,向邻船抛过去,船已经落在身后,花扔在海面上,随波浪起伏。

澳门的酒店,一种"回"字形的结构,中庭挑空,就像一口深井,客房围"回"字排列。关起门,不漏一点声气,一旦开门,声音投到井里,在四壁来回反射,关上门,又声息全无,就有一种诡异的气氛。

早晨,薇龙一个人走出房间,绕"回"字一层一层下楼,人们还在睡梦里,只有她的脚步声。下到底层,侧边有一扇门,推开即面对海滩,离地面尚有十几级台阶,就像一个瞭望台。有少数下海游泳的人,支着几座帐篷,一个白种母亲领几个小孩在捡拾贝壳。远远望去,看见有一座帐篷闭着门,奇怪地波动着。海在涨潮,一层一层上来。帐篷波动得剧烈起来,海水也涨到帐篷边缘,最终坍塌下来,盖住底下的人。海水漫上去,湿淋淋地出来一个,又出来一个。一个是乔琪乔,穿了泳裤,另一个是年轻女子,穿比基尼,也是半裸,两人一边笑,一边往远处跑,潮汐追逐着他们,咬他们的脚跟,一个跌倒了,另一个去拉,也跌倒,就在沙滩上爬行,爬着爬着站起来,再跑,追逐,纠缠成一团。跑到平台底下,看见薇龙——

乔琪乔：（慌不择言）我教你游泳！

葛薇龙看他一会儿，转身离开。

赌场里，薇龙一个人拉老虎机，喂筹码进去，一拉，没了，再喂，再拉，反反复复，猝不及防，哗啦啦下来一堆。左右老虎机上的赌客，都拍起手来！就在这时候，一只手搭在薇龙肩上，是吉婕——

吉　婕：恭喜发财！

葛薇龙：有句话听过没有——赌场得意，情场失意！

薇龙和吉婕在冰仔葡国饭店里吃饭，焗鸭饭，青口，猪肉煲，土豆泥，一大罐果酒，铺满桌子。两人埋头大嚼。那饮品喝起来爽口，其实有些后劲，就都有些醉意。

吉　婕：和你说过，离他远些，现在知道了吧！

葛薇龙：我才不怕他呢！

吉　婕：他倒是有些怕你，真的！

葛薇龙：他怕我，我有什么可怕的？

吉　婕：中国人说，旁观者清，他是个懒人，在你身上却肯下
　　　　功夫！

葛薇龙：功夫？他的功夫可真是了得，从这张床直接就爬到那张床，没个够的！

吉　婕：（笑）你不知道，我们混种人，荷尔蒙比你们纯种人旺盛，连我也是的，一般的男孩子，都对付不了！

葛薇龙：（笑）你倒是敢说！（举起空酒罐向服务生）再来一罐，快！

　　吉婕伏在薇龙耳边说什么，薇龙笑得趴在桌上起不来。葡萄牙服务生，一个小伙子送果酒来，看着她们憨笑。

吉　婕：（指着小伙子对薇龙说）信不信，我立马把他放倒！

　　薇龙大笑。

　　小伙子站在餐桌前，一脸南欧人灿烂的笑容。

服务生：（葡萄牙语）二位小姐还要什么？

吉　婕：（中文）要你！

　　葛薇龙笑不可抑。

服务生：（送上菜单酒单，葡萄牙语）请点单！

吉　婕：你叫什么名字？

　　服务生说了一个葡萄牙语名字。

吉　婕：就要这个！

　　服务生的手在菜单上指着，脸上堆满笑。

吉　婕：（推开他的手，中文）走吧，走吧！

服务生知道她们醉了，退下去了。

吉　婕：你看，招之即来，挥之即去！

葛薇龙笑到笑不动，趴在桌上，悄悄地哭起来。

吉　婕：（沉静下来）我哥哥并不是有意的，他天生就是——没有忠诚的概念。

葛薇龙：我知道，我都知道，可是我不知道，为什么这样固执地爱他。

吉　婕：我想他也是爱你的，只是，他的爱和你的爱有不同的方式，他的爱周期短，一刹那之间。

葛薇龙：这一刹那总归是我的吧，没有人能够抢掉它，你看，我这样卑下，这样容易满足。可是，可是，还有那么多那么多的时间怎么办？

吉　婕：没有办法。

葛薇龙：你有那么多恋爱的经验，你告诉我！

吉　婕：（忽然一笑）你信不信，我还是处女。

葛薇龙：（抬起头来）咦？

吉　婕：千真万确。

葛薇龙：（诚恳地）老天，总归会有一个幸运的人——

吉　婕：（骄傲地）也许已经来到了。

葛薇龙：谁？

吉　婕：不告诉你！

午后，两人歪歪倒倒，互相搀扶回去酒店。酒店里静悄悄的，人们都出去了，薇龙推开房门，乔琪乔迎面而来，看得出他的焦虑——

乔琪乔：你去哪里了？

葛薇龙凝目看他，他不由得瑟缩，猝不及防，薇龙给他一个嘴巴，又给了一个嘴巴，挨了打，乔琪乔反而坦然了——

乔琪乔：你打吧，你打了，你好过一些，我也好过一些。

葛薇龙不说话，继续抽他嘴巴。

乔琪乔：我就知道是这样的结果，所以，我不愿结婚，我不是为自己，是为你们这些人！

葛薇龙：怎么变成"你们"了，还有多少人？

乔琪乔：没有，没有，就你一个，已经太多了。

葛薇龙：（凄然一笑）原来我是这样一个多余的人。

乔琪乔：现在，你可怜，我也可怜，不如你放过我，我也放过你！

葛薇龙：不，我要给你机会。

乔琪乔：没用的！

葛薇龙：我要给!

乔琪乔：我还是会辜负的。

葛薇龙：畜生!

乔琪乔：（被激怒了）畜生也有颗心呢,我是为你好,看不得你委屈!

葛薇龙：我认账!

乔琪乔：何苦呢?

葛薇龙：我愿意!

乔琪乔：对自己好一点吧!

葛薇龙：（挑战的表情）我觉得很好,很幸福!

乔琪乔颓然扑倒床上,脸埋在床单里。

葛薇龙：（将乔琪乔的外套扔在他身上）起来!

海面上,行着一艘快船,来时的兴奋狂潮平息了,人意阑珊,长桌上的吃食堆着,少有人碰,小孩子将面包鸡腿互相投掷,蛋糕和奶油到处都是。乔琪乔百无聊赖,坐在椅上,双腿搁在另一把椅面,仰头看天上的海鸥。身边坐着薇龙,专心在冰桶里搜刮冰屑子,团在手里,渐渐团成一球。乔琪乔低下头看她的游戏。

葛薇龙：父亲书桌上有一个镇纸,就是这样的玻璃球,小时候生病发热，大人就让握着，冰那火烫的手。扁扁的玻璃球里面嵌着细碎的、红的、蓝的、紫的花，排出俗气的整齐的图案。那球握在手里沉沉的，很厚实，很靠得住——

薇龙摊开巴掌，冰球化成水，不见了。

梁太的小饭厅里，一张圆桌，梁太、薇龙、乔琪乔三个人吃饭，居家的温馨的景象。睨儿走进来，对着桌上人——

睨　儿：Uncle 的电话，要少奶听。

梁　太：哪一个少奶？话说清楚！

睨　儿：（为难地）小的，（觉得不妥）新少奶——

梁　太：梁太还是乔太？

睨　儿：（解脱地松一口气）乔太。

薇龙立起身出去接电话。

梁　太：（讥讽地看着乔琪乔）乔太！不花一分钱娶进一个太太。

乔琪乔：（无所谓地）那就让她做梁太。

梁　太：你是我儿子吗？

乔琪乔：我没意见，你让我做什么，我就是什么。

薇龙进来，坐下，端起碗接着吃饭。

梁　太：司徒找你什么事？

葛薇龙：去上海，洋行里谈一笔生意，要我替他做翻译。

梁　太：一定是笔大买卖！

葛薇龙：不知道。

梁　太：上海，多少年没有去了，不知道变成什么样子。正好，可以回家看看你父母。

葛薇龙：我不回家！

乔琪乔：（放下手里的碗，看着姑侄二人）一定要去吗？他不知道我们还在蜜月吗？

梁　太：（一笑）蜜月！

葛薇龙：难得 Uncle 求我们一点事情，不好回绝的。

乔琪乔：他算哪门子 Uncle？

梁　太：我们大家的 Uncle！

新人的卧室里，薇龙支使睨儿收拾行李。

乔琪乔：我也要去，我还没去过上海呢！

葛薇龙：你去做什么？

乔琪乔：我也可以做翻译的，我的英文比你好！

葛薇龙：你什么时候替人做过事，都是别人替你做事。

乔琪乔：他是你的雇主吗？

葛薇龙：中国人有句古话：受之以琼瑶，投之以木桃，听说过吗？

乔琪乔：我不是中国人。

葛薇龙：哦，想起来了，你是外国人！

乔琪乔：我是你男人！

葛薇龙：（讥讽地）我是你女人，我们是，拴在一根绳上的两只蚂蚱！

乔琪乔：不要去！

葛薇龙：我不在，自有不在的乐子！（看一眼睨儿，睨儿颇不自在，低下头去，转身出了房间）

乔琪乔：别去上海嘛！

葛薇龙：下次，我专门带你去上海玩。

乔琪乔：（耍赖地，伏倒在床上，脸埋在臂弯里）不要下次，就要这次！

葛薇龙：带好吃的给你，城隍庙的五香豆，采芝村的芝麻糖，糖炒栗子……

乔琪乔：不要不要，就要去上海！

葛薇龙：（在床沿坐下，抚着他脑后的短发）听话！

乔琪乔：不听话！

葛薇龙：乖！

乔琪乔：不乖!

葛薇龙：好了好了!

乔琪乔：不好!

葛薇龙：（叹口气）你呀!

乔琪乔趴在床上，抽出手，握住薇龙的手，两人静静地相握，仿佛有一点真情滋生出来。

薇龙和司徒协乘车去码头，汽车夫提着行李，由头等舱侍应生接过去，引上甲板，是与前一次薇龙在码头上完全不同的经验。

梁太的小客厅里，梁太和乔琪乔一人坐一把金丝交椅，两人的腿都跨在椅子扶手上。此时乔琪乔的脸上，薇龙离开时的忧虑和不舍一扫而空，神情又恢复往日里的轻松自得。无线电里放着京剧，乔琪乔跟着哼，扶手上的脚就来回摇着打拍子。

梁　太：（神色暧昧，多少有些猥亵）乔琪你说说看，你媳妇儿好
　　　　　不好?

乔琪乔：这有什么可说的?

梁　太：没有可批评的，想必就是好的了?

乔琪乔：（笑，不说话）

梁　太：好，也有个怎么个好法呀！

乔琪乔：不告诉你！

梁　太：你说不说，你说不说！（用扇子拍打他）

乔琪乔：谁说她好来着？

梁　太：她不好？哪一点不好，说给我听！

乔琪乔：（滑头地）没有你好！

梁　太：（又拍他一下）和你说正经的，你倒打趣我！

乔琪乔：（忽然认真起来，正色道）薇龙有薇龙的好处！

梁　太：（冷笑）嚙！

乔琪乔：（伸个懒腰，站起身）乏得很，去睡了！

乔琪乔走出小客厅，梁太的眼睛跟随他的背影，表情惘然若失。

乔琪乔推开丫头们的房间，将另两张床上的小丫头拉起来，撵出去，两个小丫头睡得稀里糊涂，鞋也没穿，站在门外，不知发生什么事了。

睨儿醒了，被乔琪乔压住，挣扎着。

睨　儿：不敢，乔大爷，真不敢了！

乔琪乔：怕什么，只许州官放火，不许百姓点灯吗？

睨　儿：小姐放我在房里，是让我帮她管着你的！

乔琪乔：管呀，管呀，这不就是帮小姐管我？

楼下忽响起梁太的声音。

梁　太：乔琪，乔琪！

乔琪乔捂住睨儿的嘴，两人都不作声，沉默中乔琪乔行动起来。

梁太的卧室，拿起电话。

梁　太：乔琪睡了，叫不醒他，明早我告诉他。

挂钟里的布谷鸟跳出来，一声一声报时。

上海的夜晚，酒吧里，薇龙在过道的电话间，放下话筒。窗外，灯火灿烂。她走回大厅，台上奏着爵士乐，经过的桌子上，有一个女人回过头来，彩色变黑白，那女人分明是姑妈，年轻时候的姑妈。舞池里有几对男女在跳舞，其中一个又变成黑白的年轻的姑妈。

夜色阑珊，出来酒吧，马路边上，三三两两的等车的人，司徒协和几个洋人则在话别，薇龙来回翻译。汽车停靠下来，开了门，男人扶了门，让女人坐进去，女人回眸一笑，幻化成黑白的年轻的姑妈。

薇龙随司徒协乘在酒店的电梯，门开了，走出去，过道上静悄悄的，尽头也有一对男女开门进屋，那女人再变成黑白的年轻的姑妈。

上海到处是姑妈的倩影。

薇龙看着走廊尽头年轻的黑白的姑妈,像和过去的姑妈对视,又像过去的自己和现在的自己对视,良久。故事似乎到此结束了,事实上,还没有完。

第九节

一年以后。

小白楼里,窗户和门扉张贴挥春,还有颠倒的"春"字,中国式的宫灯也贴了"春"字,厅的大红绫子窗帘的褶皱里,是忽隐忽现的绿油油的"春"字,沙发前围着的斑竹小屏风上,贴着"春",炉台上的象牙观音像前摆了新鲜水果,丫头们穿了大红的褂子,中国年到了。

乔家大宅门前,又在拍摄全家福,又一对新人结婚。中国式的结婚,新郎长袍马褂礼帽,新娘凤冠霞帔,其余人也都是中式穿着,乔琪乔的洋人脸显得很特别,最怪异的是,其中有一位修女,仔细看,竟然是吉婕。全家福的照片挂上宅子走廊墙上。

梁宅门前的阶梯上，两个丫头在点蜡烛灯，一个收拾残蜡，另一个点燃新烛，一盏一盏亮起来。

留声机的歌声传出铁门，传到海面，忽然就止住，再不往前去了，海天之间无限辽阔，将人类的一切声音都消解了。

酒酣耳热，这边还没收摊，那边的麻将桌已经开场了，又有小孩子乱弹钢琴，薇龙乔琪乔都喝多了，互拥着，亲着嘴，被梁太赶出厅堂。两人不知为什么缘故笑着，从蜡烛灯照耀的石阶下来。

乔琪乔开车，车下了坡道，身后的蜡烛灯在黑夜里闪烁。车直驱山下，天主教堂里正做晚祷，这一天恰巧是圣诞的什么节日（待查考）。两人下车走进去，全体起立唱颂诗。女高音的歌声直冲云霄，仿佛天庭降下的福音。两人的神色不禁肃穆起来。排队领圣餐，这两人怯步退出，上了车。

沉默着行驶一段。

葛薇龙：我们会不会受诅咒？

乔琪乔：不会。

葛薇龙：为什么？

乔琪乔：我们是无神论者。

汽车又开一段，进了湾仔庙街的新春市场，人山人海，许多时髦人也挤在里面。薇龙在一爿古玩摊子上看中了一盆玉石梅花，乔琪乔挤上前去和那伙计还价。喧嚣中，彼此听不见说话，只是打手势。那人蹲在一层一层的陈列品的最高层上，穿着紧身对襟柳条布棉袄，一色的裤子，一顶呢帽推在脑后，街心悬挂着的汽油灯的强烈的青光正照在他广东式的硬线条的脸上，越显得山陵起伏，丘壑深沉。他把那一只手按在膝盖上，一只手张开五个指头，翻了一翻。无论乔琪乔伸几个指头，他都是五个指头翻一翻。薇龙推乔琪乔一把——

葛薇龙：走吧走吧！

　　两人继续在人堆里挤。头上是紫黢黢的蓝天，天尽头是密密层层的人，密密层层的灯，密密层层的耀眼的货品——蓝瓷双耳小花瓶；一卷一卷的葱绿堆金丝绒；玻璃纸袋，装着"吧岛虾片"；琥珀色的热带产的榴梿糕；拖着大红穗子的佛珠，鹅黄的香袋；乌银小十字架；宝塔顶的大凉帽，然而在这灯与人与货之外，是那凄清的天与海。

　　这里脏虽脏，的确有几分狂欢的劲儿，满街乱糟糟的花炮乱飞，薇龙和乔琪乔一面走一面缩着身子躲避那红红绿绿的小扫帚星花炮。

乔琪乔：(忽然喊起来)喂!你身上着了火了!

葛薇龙：又来骗人!(扭头往她身后看)

乔琪乔：我几时骗过你!快蹲下身来,让我把它踩灭了!

  薇龙屈膝蹲在地上,乔琪乔顾不得鞋底有灰,两三脚把她旗袍下摆的火踏灭了。那件品蓝闪小银寿字织锦缎的棉袍上已经烧了一个洞,乔琪乔跪下来,绷着棉袍后襟,向洞里张望——

乔琪乔：我看见你了,我看见你了,看你往哪里躲!

  薇龙就牵着他朝前走,两人笑着,直不起腰。

乔琪乔：真的,薇龙,我是个顶爱说谎的人,但是我从来没对你说过一句谎,自己也觉得纳罕。

葛薇龙：还在想着这个!

乔琪乔：我从来没对你说过谎,是不是?

葛薇龙：不是!

乔琪乔：(双手箍住她身体)是不是?

葛薇龙：不是!

乔琪乔：你再说,是不是!

葛薇龙：(叹口气)是的,从来没有。

乔琪乔：(松开她)就是嘛!

葛薇龙：有时候,你明明知道一句小小的谎可以使我多快乐,但是——不！你懒得操心！

乔琪乔：你也用不着我来编谎给你听。你自己会哄自己。总有一天，你不得不承认我是多么可鄙的一个人。那时候，你也要懊悔你为我牺牲了这许多，一气之下，就把我杀了，也说不定！我简直害怕！

葛薇龙：我自愿，关你什么事？千怪万怪，也怪不到你身上去！

乔琪乔：无论如何，我们现在的权利和义务的分配，太不公平了。

葛薇龙：（眉毛一扬，微微一笑）公平？人与人之间的关系里，根本谈不到公平两个字。我倒要问了，今天你怎么这样良心发现起来？

乔琪乔：（笑）因为我看你这么一团高兴地过年，跟孩子一样。

葛薇龙：（还是笑着，却有一点强撑的意思了）你看着我高兴，就非得说两句使人难受的话，不叫我高兴下去。

两人一路走一路看着摊上的陈列品。

在那惨烈的汽油灯下，站着成群的女孩子，因为过分夸张的灯和影，一个个都有着浅蓝的鼻子，绿色的面颊，腮上大片的胭脂，变成了紫色。内中一个年纪顶轻的，不过十三四岁模样，瘦小身材，西装打扮，穿了一件青莲色薄呢短外套，系着大红细褶绸裙，冻得直抖。因为抖，她的笑容不住地摇漾着，像水中的倒影，牙齿忒愣愣打在下唇上,把嘴唇都咬破了。一个醉醺醺的英国水手从后面走过来拍了她肩膀一下,她扭过头去向他飞了一个媚眼——倒是一双水盈盈的吊梢眼,眼角直插到鬓发里去,可惜她的耳朵上生着鲜红的冻疮。她把两只手合抱着那水兵的臂膀,头倚在他身上。两人并排走不了几步,又来了一个水兵,两个人都是又高又大,挟持着她,她的头只齐他们的肘弯。

后面又拥来一大帮水兵,都喝醉了,四面八方地乱掷花炮,瞥见薇龙,不约而同地把她做了目的物。那花炮像流星赶月似的飞过来。薇龙吓得撒腿便跑,乔琪乔认准了他们的汽车,把她一拉拉到车前,推了进去。两人开了车,离开湾仔。

乔琪乔:(笑着)那些醉泥鳅,把你当作什么人了?

葛薇龙: 本来嘛,我跟她们有什么分别?

乔琪乔:(一只手控制方向盘,一只手掩住薇龙的嘴,厉声道)你再胡说——

葛薇龙:(笑着告饶)好了好了!我说错了话。怎么没有分别呢?
她们是不得已,我是自愿的!

车过了湾仔,花炮啪啦啪啦炸裂的爆响渐渐低下去,街头的红绿灯,一个赶一个,在车前的玻璃里一溜就黯然低下去。汽车驶入一带黑沉沉的街衢。乔琪乔不看薇龙，伸手到口袋摸出香烟夹子和打火机来，烟卷儿衔在嘴里，点上火。火光一亮，照得见薇龙的脸，脸上爬满泪痕。火光转瞬即逝，寂灭中，薇龙的脸又隐入黑暗。

葛薇龙：（幽然说道）今天过年，乔琪你送我一个礼物吧。

乔琪乔：什么？

葛薇龙：说一句谎话。

乔琪乔：（沉默无语）

车走在天海之间，上面下面都是黑压压的，极远处有一条极细极淡的光。

葛薇龙：你不说，我说，（摇下车窗，探出身子，对着窗外的一片黑，放大声音）我爱你，杂种的香港！

一只纤手揭开香炉盖，擦亮火柴，点燃炉里的盘香，复又合上盖，盖上的孔眼腾出烟，弥漫开来。烟雾中绰约可见乔琪乔的身影，穿衣服、系领带、梳头、喷古龙水，来回往返。纤手铺开信纸，在纸上书写——

薇龙的声音：

父亲母亲你们好，光阴如梭，转眼间，又一年过去。不知家中如何，身体安康否，弟妹们读书是不是上进，上海的市面也还平

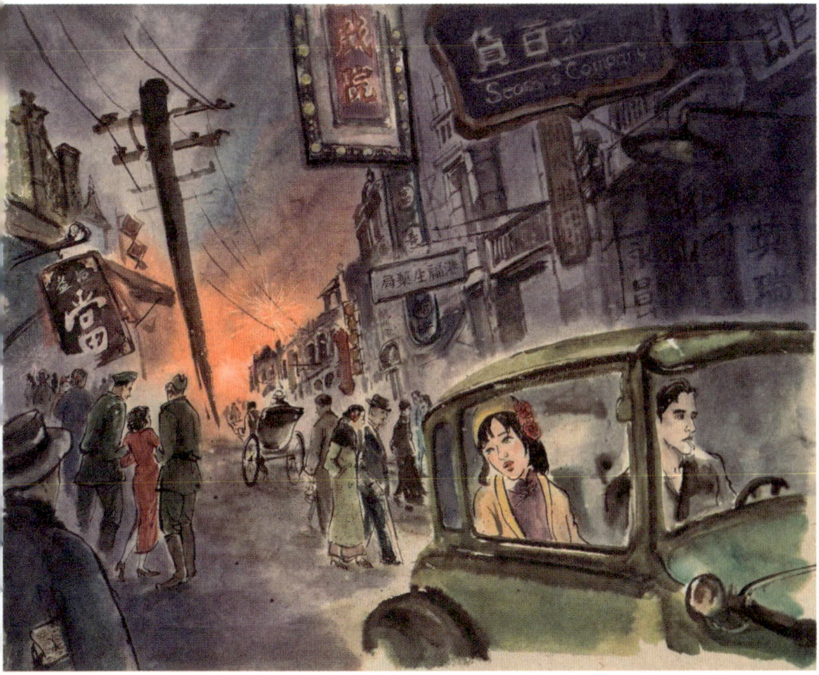
戲院
當

靖？女儿十分挂念。我这里一切如其所愿，学年开初，校长专门签发的奖学金正够学费，自己又做些家教和图书管理，补足吃住，就又读了一年预科。如今毕业了，校长为我作推荐，在修道院的中学初级班教书，自己养自己尚有些许余裕。因要租房搬迁，应工注册，种种庞杂，这一年大约也回不去上海，寄上一笔小钱，聊尽孝心，以慰养育之恩情……

信叠起三折，装进信封，合上。

汽车开进街市，停在路边邮筒，车窗摇下，伸出手来，手上戴了铂金婚戒和金刚钻镯子，浅粉色的蔻丹，将信投进邮筒。

香烟又腾起一蓬，仿佛寂灭前最后的绽放，演职员表呈现。

【剧终】

一稿于 2018 年 7 月 20 日　上海
二稿于 2018 年 8 月 8 日　上海
三稿于 2018 年 8 月 27 日　上海